Ricardo Araújo Pereira

A DOENÇA, O SOFRIMENTO E A MORTE ENTRAM NUM BAR

UMA ESPÉCIE DE MANUAL
DE ESCRITA HUMORÍSTICA

SÃO PAULO
TINTA-DA-CHINA BRASIL
MMXXII

SUMÁRIO

Preâmbulo relativamente inútil
— 13 —
Considerações um pouco mais proveitosas
— 21 —
Opor uma coisa a outra coisa
— 41 —
Imitar uma coisa
— 51 —
Virar uma coisa de pernas para o ar
— 61 —
Aumentar uma coisa
— 71 —
Mudar uma coisa para outro sítio
— 81 —
Repetir uma coisa
— 89 —
Últimas palavras
— 101 —

Índice remissivo
— 113 —

Para a Sr.ª D. Adélia Maria da Cunha

—Where be your gibes now? Your gambols? Your songs? Your flashes of merriment that were wont to set the table on a roar? Not one now to mock your own grinning? Quite chap-fallen? Now get you to my lady's chamber and tell her, let her paint an inch thick, to this favor she must come. Make her laugh at that.

WILLIAM SHAKESPEARE, *Hamlet*, acto v, cena i

The bitter laugh laughs at that which is not good, it is the ethical laugh. The hollow laugh laughs at that which is not true, it is the intellectual laugh. Not good! Not true! Well well. But the mirthless laugh is the dianoetic laugh, down the snout—Haw!—so. It is the laugh of laughs, the *risus purus*, the laugh laughing at the laugh, the beholding, the saluting of the highest joke, in a word the laugh that laughs—silence please—at that which is unhappy.

SAMUEL BECKETT, *Watt*

Raciocinar é rir. O acume da sabedoria humana é ver os reversos das tragédias sociais: lá está por força a comédia. A ignorância que esteriliza, e mirra e encalvece é a que só deixa ver uma face da medalha.

CAMILO CASTELO BRANCO, *A Mulher Fatal*

[...] Le jeu, en s'opposant à l'esprit de sérieux, semble l'attitude la moins possessive, il enlève au réel sa réalité. Il y a sérieux quand on part du monde et qu'on attribue plus de réalité au monde qu'à soi-même, à tous le moins quand on se confère une réalité dans la mesure où on appartient au monde. [...] Toute pensée sérieuse est *épaissie* par le monde, elle coagule; elle est une démission de la réalité-humaine en faveur du monde.

JEAN-PAUL SARTRE, *L'Être et le Néant*

"Do you understand", said the other, "that this is a tragedy?" "Perfectly", replied Syme; "always be comic in a tragedy. What the deuce else can you do?"

G.K. CHESTERTON, *The Man Who Was Thursday*

I remember hitting him so hard and he looked at me and said: "Is that all you got, sucker?"

GEORGE FOREMAN sobre Muhammad Ali

PREÂMBULO RELATIVAMENTE INÚTIL

Há um texto de Alberto Pimenta que diz:

é grande mas também pode ser pequeno
é quente mas também pode ser frio
é alto mas também pode ser baixo
é duro mas também pode ser mole
é rico mas também pode ser pobre
é caro mas também pode ser barato
é porreiro mas também pode ser chato
em todo o caso come bem
e mora longe

quem é?

Por baixo, escrita de pernas para o ar, a solução: "é o cara-ças". Talvez seja apropriado começar por aqui: o humor é contraditório como o caraças. É agressão mas também pode ser curativo, é crueldade mas também pode ser compaixão, é sobrecarga mas também pode ser alívio, é humilhação mas também pode ser apoteose, é leviandade mas também pode ser sensatez, é faísca mas também pode ser extintor.

Todas as considerações sobre humor são incompletas (excepto, talvez, esta). É um fenómeno esquivo, ambíguo e resistente à compreensão. A filosofia deu pouca atenção ao humor — e nenhuma, infelizmente, ao caraças. Não serei eu a preencher essa omissão. Faltam-me competências e vontade para definir rigorosamente humor, cómico, sátira, espírito, farsa, ridículo e até riso. Por isso, usarei essas palavras com alguma descontracção, presumindo, talvez abusivamente, que elas são, muitas vezes, metonímia umas das outras.

Três grandes teorias procuraram, ao longo dos séculos, explicar o riso e o humor. A primeira, que foi dominante durante cerca de dois mil anos (desde Platão até Thomas Hobbes), é a chamada teoria da superioridade. Diz, em traços gerais (que são os únicos traços que o meu entendimento costuma ser capaz de compreender), que o riso é a manifestação de um sentimento de superioridade sobre os outros. No diálogo *Filebo*, Sócrates explica a Protarco que nos rimos de quem procede como se interpretasse às avessas o conselho inscrito no Templo de Apolo, em Delfos. Ou seja, rimo-nos daqueles que se desconhecem a si mesmos. São ridículos todos os que julgam ser mais ricos, mais belos e mais virtuosos do que são. Ora, uma vez que a ignorância é má, e tendo em conta que o riso proporciona prazer, quando rimos da ignorância dos outros experimentamos um comprazimento com aquilo que é mau — o que faz do acto de rir um comportamento eticamente problemático.

Aristóteles acredita, como Platão, que o riso é essencialmente motivado pelo escárnio e resulta da constatação da nossa superioridade sobre os outros. Na *Poética* não há muito mais sobre o tema do que aquela frase célebre segundo a qual a comédia é a imitação de pessoas piores do que a média. Em *Ética a Nicómaco*, o filósofo acrescenta uma ideia que reforça a associação do riso à agressividade. Diz ele: uma piada é um tipo de ofensa e, uma vez que a lei proíbe certos insultos, talvez devesse proibir também certas piadas.

Muitos séculos mais tarde, Thomas Hobbes cunharia uma expressão famosa: "sudden glory". "Glória súbita é a paixão que produz as caretas chamadas riso." Ambas as palavras são importantes: "glória", porque sublinha a noção de superioridade; e "súbita", porque lembra a existência de um elemento essencial de surpresa. Toda a gente que já ouviu duas vezes a mesma anedota sabe que a primeira experiência é irrepetível. Fernando Pessoa dizia que a maior desgraça da sua vida era não poder voltar a ler os *Cadernos de Pickwick*, de Dickens, pela primeira vez.

Em 1725, num conjunto de três pequenos ensaios publicados no *Dublin Journal*, Francis Hutcheson rejeita a ideia da superioridade como único motivo para o riso, e apresenta algumas objecções interessantes. Por exemplo: se é a percepção de uma deformidade nos outros que nos dá vontade de rir, por que razão não nos divertimos quando visitamos uma enfermaria? Ou: a alegria que nos dão os cães e os gatos seria maior se os substituíssemos por animais de estimação mais claramente inferiores a nós, tais como lesmas? Ou ainda: se é do sentimento de superioridade que nasce o riso, por que motivo nos rimos mais de um cão quando ele se comporta como um ser humano (por exemplo, quando se locomove equilibrando-se nas patas traseiras) do que quando está apenas a ser cão?

[17]

Estas críticas constituíram uma espécie de prólogo de uma nova teoria, segundo a qual o riso é originado pela percepção de uma incongruência. É assim para Kant ("O riso é uma emoção que surge da súbita transformação de uma expectativa em coisa nenhuma.") e para Schopenhauer ("A causa do riso é a súbita percepção de uma incongruência entre um conceito e o objecto real."). De acordo com a teoria da incongruência, rimos quando percebemos um desfasamento entre aquilo que esperamos que as coisas sejam e aquilo que elas são realmente. Deste ponto de vista, o riso celebra uma frustração: a frustração de uma expectativa. Não consigo decidir se essa celebração é um sinal de grandeza ou de perversão. Mas, assim entendido, o riso é a expressão do festejo da derrota do que é pensado pela razão perante o que é captado pelos sentidos. O que nos diverte é, como diz Schopenhauer, "ver esta severa, incansável, exasperante tutora, a razão, por uma vez condenada por insuficiência."

De certo modo, a segunda teoria diz exactamente o contrário da primeira: uma vê o riso como apoteose, a outra entende o riso como ruína.

A terceira teoria sugere que o riso tem, no ser humano, a mesma função que a válvula desempenha na panela de pressão: é um modo de aliviar tensões e inibições. Num livro sobre as relações do humor com o inconsciente, Freud vê no riso uma forma de descarga de energia psíquica, aquela mesma energia que, não sendo libertada, anda entretida a reprimir as emoções. Numa obra posterior, um pequeno texto chamado apenas *Humor*, dir-se-ia que Freud subscreve a teoria

A DOENÇA, O SOFRIMENTO E A MORTE ENTRAM NUM BAR

da superioridade, mas com uma variação muito importante: o que está em causa é a superioridade do superego em relação ao ego, ainda que essa superioridade não seja sobranceira, antes paternal. Freud ilustra essa ideia com uma história. Um criminoso é levado para o cadafalso numa segunda-feira e diz: "Sim senhor, a semana começa bem." Talvez não seja por acaso que Freud escolhe um exemplo no qual um homem diz uma piada momentos antes de morrer. Rir a caminho da sepultura é absurdo ou é o único comportamento concebível? Se calhar, falaremos disso mais adiante. Mas essa operação de amparo do sujeito a si mesmo (ou aos outros), esse raro afago do superego, normalmente tão austero, ao ego, é, para Freud, a verdadeira intenção do humor. O que o humor produz, segundo ele, é essa espécie de consolo, o equivalente a dizermos a nós mesmos: "Repara, é a isto que o mundo, aparentemente tão assustador, se resume: a uma brincadeira de crianças com a qual vale a pena fazer uma piada."

Na melhor das hipóteses cada uma destas três teorias (e há várias outras) explica apenas parte do fenómeno. Mas, mesmo todas juntas, parecem ficar aquém de uma explicação satisfatória. E portanto é assim, sem sabermos bem o que o humor é, que nos ocuparemos dele. Haja coragem.

CONSIDERAÇÕES UM POUCO MAIS PROVEITOSAS

Uma frase antiga, suficientemente antiga para já ter sido atribuída a Mark Twain, Carol Burnett e Woody Allen, diz que comédia é igual a tragédia mais tempo. Talvez a equação fique mais completa se dissermos que comédia é igual a tragédia mais distância. Uma dessas formas de distância é o tempo, claro: hoje somos capazes de rir de um episódio trágico passado connosco há anos, quando na altura isso era impossível.

Mas há outras formas de distância. Por exemplo, a distância que vai de mim a um outro. Will Rogers, humorista americano do início do século xx que chegou a ser candidato nas presidenciais de 1928 (a única promessa: "Se for eleito, demito-me."), disse: "Tudo tem graça, desde que aconteça a outra pessoa." A definição de comédia de Mel Brooks é parecida: "Tragédia é eu partir uma unha; comédia é tu caíres no buraco do esgoto e morreres." Em *Os Palhaços*, de Ruggero Leoncavallo, uma pequena companhia de teatro anda de terra em terra a representar um tema clássico da comédia: a história do marido enganado. A certa altura da ópera, o actor que representa o papel de marido enganado percebe que é traído na vida real — e, por isso, "la commedia è finita": o que é cómico no palco passa a ser trágico na vida.

Uma terceira forma de distância é a mais interessante, mas também a mais difícil de obter: é a distância que conseguimos estabelecer entre nós e nós mesmos. No prefácio a uma colectânea de peças suas, Neil Simon conta esta história: não muito tempo depois de se casarem, ele e a mulher estavam a ter uma discussão bastante intensa na cozinha. No calor da contenda, ela fez um gesto demasiado largo e acertou-lhe com uma costeleta de vitela congelada no sobrolho. Nesse momento, Simon deu por si a olhar para a situação a partir de fora. Subitamente, deixara de ser um protagonista do conflito, cheio de raiva e agressividade, e era agora um calmo observador, que assistia a uma altercação entre duas pessoas que — era óbvio — dali a minutos já teriam feito as pazes e, muito provavelmente, iriam jantar a arma que tinha acabado de ser brandida. Desse novo e distanciado ponto de vista, o que dantes era terrível parecia agora ridículo. Convém assinalar que a mudança de ponto de vista não altera a natureza da acção, mas sim o modo de a perceber, como quando damos um passo atrás diante de um quadro e vemos pormenores que, tendo estado sempre na tela, não tínhamos sido capazes de captar.

Talvez as pessoas que fazem do humor uma segunda natureza sejam mais frágeis do que as outras, tenham mais dificuldade em lidar com a aspereza do mundo. Por isso, inventam um estratagema que lhes permite assistir à vida a partir de um refúgio, observar as suas próprias desgraças como se elas acontecessem a uma representação de si mesmas, enquanto permanecem num plano de realidade diferente,

A DOENÇA, O SOFRIMENTO E A MORTE ENTRAM NUM BAR

a uma distância cuidadosa das coisas — demasiado duras para serem experimentadas directamente, sem um filtro que se interponha entre elas e o coração.

Tomámos como certo que o trágico fazia forçosamente parte da equação, ou seja, que a comédia é uma forma especial de tragédia, o que parece acertado. No Céu, se existir, não há riso. As coisas boas não dão vontade de rir. Pelo menos, não provocam o riso humorístico, que é o que nos interessa. Molière escreveu comédias sobre misantropos, hipócritas, avarentos, novos-ricos, hipocondríacos. As virtudes só têm graça se alguém as tiver em excesso — e se, por conseguinte, se transformarem em defeitos.

O humor pode ser, então, uma estratégia para reagir ao sofrimento. Uma espécie de mau perder que leva o humorista, não a adaptar-se ao mundo, mas a afeiçoá-lo a si — mesmo que, para isso, tenha de dobrá-lo, torcê-lo, virá-lo do avesso. Essa acção opera sobre as coisas uma mudança que, embora extraordinariamente radical, é apenas aparente — e, portanto, inútil. É uma atitude de valor equivalente à da criança que, depois de levar uma palmada, diz, de lágrimas nos olhos: "Não me doeu." No fundo, é sobretudo a concessão de uma derrota. Portanto, admito que não seja muito. Na verdade, é quase nada. Mas é o que há.

A primeira constatação do humorista, o seu ponto de partida, talvez seja este: o mundo, aparentemente sólido e inexpugnável, tem uma vulnerabilidade. Permite que o olhemos de mais do que uma maneira. Apontar-lhe as ambiguidades não é apenas uma artimanha — é uma pequena vingança. Umas vezes a ambiguidade é manifesta, outras vezes é fabricada por um tipo de raciocínio astucioso e ágil que costumamos reconhecer nos burlões. É possível que essa seja uma definição tão boa como qualquer outra: humor é um embuste benigno (enfim, quase benigno), uma vigarice operada sobre a linguagem, um ardil do pensamento. Como todas as boas fraudes, por mais extravagante que seja requer uma coerência interna impecável, que a torne verosímil. Vou tentar dar um exemplo desse tipo de impostura que explora uma ambiguidade e do que quero dizer com verosimilhança: o quadro de Jacques-Louis David reproduzido ao lado, que se chama *A Morte de Sócrates*, representa, como o próprio nome sugere, os últimos momentos do filósofo, condenado à morte por ingestão de cicuta. Sócrates está rodeado de amigos e discípulos cujo desespero contrasta, aliás, com a determinação do mestre, que mantém um dedo em riste, simbolizando a firmeza das suas convicções. Supõe-se que o homem sentado aos pés da cama seja Platão. Ao fundo, à esquerda, subindo as escadas, Xantipa acena um último adeus ao marido.

Isto é o que sabemos que o quadro é. Mas pode ser igualmente produtivo pensar no que o quadro parece. Olhando exactamente para as mesmas expressões (ou seja, fazendo uma interpretação coerente com o quadro), não é possível pôr a hipótese de que o discípulo que estende a taça esteja a pensar: "Eh pá, bebe isto de uma vez e cala-te, que eu já não te posso ouvir"? Ou que o homem que tem a mão cravada na coxa de Sócrates se prepare para dizer: "Escuta uma coisa: deixa-te de maiêuticas e despacha isso, que as pessoas querem

A DOENÇA, O SOFRIMENTO E A MORTE ENTRAM NUM BAR

ir para casa"? Ou que o pesar com que Xantipa sobe as escadas não é dedicado ao marido mas aos seus amigos, que vão continuar a aturá-lo? Ou, finalmente, que Platão e os outros possam estar a murmurar: "Estou mesmo farto de ouvir falar sobre a natureza do Bem"?

No início de *Tempos Modernos*, Chaplin olha para a entrada de trabalhadores numa fábrica e vê a ida do gado para o matadouro.

N'*As Férias do Sr. Hulot*, Jacques Tati descortina um monstro marinho num barco de pesca quebrado ao meio.

Num desenho de 1871, Thomas Nast encontra a boca de um crocodilo na mitra dos bispos católicos.

Costuma dizer-se que, quando o sábio aponta para a lua, o louco olha para o dedo. O autor dessa observação humorística olhou para todo o lado: para o sábio, para a lua, para o louco e para o dedo. O que quer dizer que olhou através dos seus olhos (porque viu o sábio e o louco), e olhou através dos olhos do sábio e através dos olhos do louco (porque também viu a lua, como o

A DOENÇA, O SOFRIMENTO E A MORTE ENTRAM NUM BAR

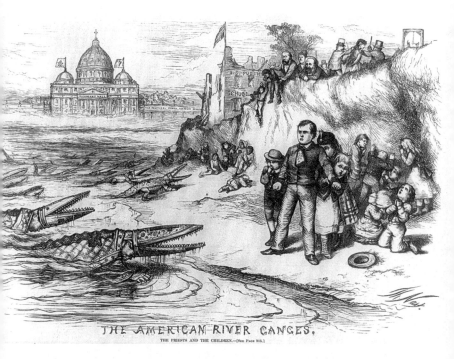

THE AMERICAN RIVER GANGES.
THE PRIESTS AND THE CHILDREN.—[See Page 913.]

primeiro, e também viu o dedo, como o segundo). A ambição do olhar humorístico é olhar como mais ninguém olha e ver o que mais ninguém vê. São duas coisas diferentes. Olhar como mais ninguém olha significa adoptar um ponto de vista experimental; ver o que mais ninguém vê significa descobrir o que está escondido à vista de todos dentro do ponto de vista convencional.

Uma criança (ou um louco, ou um humorista) olha como mais ninguém olha. Diz: "Agora eu sou um morcego", e passa a ver como um morcego. Um conto de Machado de Assis chamado "História comum" começa assim:

... Caí na copa do chapéu de um homem que passava...
Perdoem-me este começo; é um modo de ser épico. Entro
em plena acção. Já o leitor sabe que caí e caí na copa do
chapéu de um homem que passava; resta dizer donde caí
e por que caí.

A voz que fala é de um alfinete. Esse improvável narrador
tem, como é natural, aspirações de alfinete, dificuldades de
alfinete, angústias de alfinete. Mas tem também um ponto
de vista muito invulgar sobre o mundo dos homens. Olha
como mais ninguém olha.

Mas uma criança (ou um louco, ou um humorista), também vê o que mais ninguém vê. Há um estranho aforismo de
Kafka que diz: "Os leopardos invadem o templo e bebem o
conteúdo dos vasos sacrificiais, esvaziando-os; isto repete-se
incessantemente; por fim, esta situação pode calcular-se de
antemão e torna-se uma parte da cerimónia."* O que é descrito ali acontece a todos os que, por descuido ou insensatez,
se deixam transformar em adultos: a força do hábito endurece
o olhar, e a rotina torna normal o que em tempos era horrí-
vel. Só as crianças (e os loucos, e os humoristas) conservam a
capacidade de dizer que o que é selvagem continua a ser selvagem, mesmo que tenha passado a integrar o ritual sagrado.
O humorista deve levar a sério a tarefa de se manter estran-
geiro no mundo — e dentro de si mesmo.

---

* Tradução de Álvaro Gonçalves.

A DOENÇA, O SOFRIMENTO E A MORTE ENTRAM NUM BAR

O ofício de fazer desfeitas ao mundo necessita, então, de um certo tipo de olhar, mas também de um certo tipo de raciocínio, capaz de vergar a lógica das coisas de modo que elas sirvam o nosso conforto. Falstaff é um mestre nessa forma de pensar, que — há que reconhecê-lo — é terrivelmente egoísta e trapaceira, mas apesar de tudo tocante, por ser uma maneira tão desesperada e pueril de lidar com a dor. Em certo ponto da primeira parte de *Henrique IV*, Poins e o príncipe Hal resolvem pregar uma partida a Falstaff: mascarados, fazem-lhe uma emboscada durante a noite; ele assusta-se e foge imediatamente, deixando para trás o dinheiro que tinha acabado de roubar. Mais tarde, sem saber que está a falar com os seus assaltantes, conta-lhes que foi atacado por um enorme grupo de bandidos, que se bateu bravamente com eles, mas que ainda assim ficou sem o produto do saque. Nessa altura, Poins e Hal dizem-lhe a verdade e perguntam-lhe que artimanha terá ele para justificar aquela cobardia. Falstaff responde assim:

FALSTAFF:
Valha-me Deus, eu reconheci-vos tão bem como quem vos fez. Oiçam cá, meus senhores, então acham que eu ia matar o herdeiro legítimo? Havia eu de me voltar contra o verdadeiro Príncipe? Vós bem sabeis que eu sou tão valente como Hércules. Mas respeito o instinto. O leão não toca no verdadeiro Príncipe. O instinto é uma coisa muito séria. Neste caso fui cobarde por instinto. Terei assim melhor opinião

[33]

de mim, e de vós, para toda a vida — de mim como um valente leão, de vós como verdadeiro Príncipe.*

Através de um truque, de uma mudança de perspectiva, num instante Falstaff transforma cobardia em brio. É a sua especialidade: transformar defeitos em virtudes, derrotas em vitórias, mudar as coisas sem lhes tocar, alterando apenas a maneira de olhar para elas. Panurgo é tão cobarde, embusteiro e devasso como Falstaff. E defende-se do mundo com o mesmo tipo de olhar e pensamento que nos interessa. N'*O Terceiro Livro de Pantagruel*, Panurgo explica ao gigante que, ao contrário do que julga o senso comum, não há nada melhor do que ter dívidas:

> [O credor] implorará a Deus continuamente que vos dê uma vida boa, longa e feliz: receando perder o dinheiro, sempre falará bem de vós em todas as companhias: sempre recrutará para vós novos mutuantes: para que através deles logreis pagar-lhe, e com a terra de outros possa encher a sua cova.

E acrescenta que foi precisamente a sua capacidade de contrair dívidas que lhe permitiu demonstrar a falsidade de um princípio metafísico aceite por todos:

> Por essa única qualidade me considero majestoso, venerando e temível, pois que, transcendendo a opinião de todos os

---

* Tradução de Gualter Cunha.

[34]

A DOENÇA, O SOFRIMENTO E A MORTE ENTRAM NUM BAR

Filósofos (que dizem que de nada, nada se faz) nada tendo
por matéria-prima, fui feitor e criador. Criei. O quê? Todos
aqueles belos e bons credores. [...] E fiz. O quê? Dívidas.

Outro bom exemplo desta magnífica capacidade de dedu-
zir um corolário irrepreensivelmente lógico a partir de pre-
missas fulgurantemente absurdas encontra-se nas aventuras
do Barão de Münchhausen, que se salva de morrer afogado
puxando-se, pelos próprios cabelos, para fora de um pântano.

Aquilo a que se costuma chamar, muito prosaicamente,
uma piada, é, quase sempre, uma trapaça deste tipo. Na arca
que Fernando Pessoa deixou, os investigadores encontraram
o seguinte texto, escrito pelo punho do poeta:

Temos ouvido muitas historias tristes a respeito de creanças,
mas nenhuma [tão] dolorosa [como a] que aconteceu ao grande
filantropo inglez Neverwas, amigo dedicado dos pequeninos.
Passeava elle uma vez á noitinha n'uma estrada quando viu,
ao pé d'uma arvore uma creança agachada, parecendo escondida ou querer esconder-se. Avançou para ella.

— Quem és tu? Perguntou. Como te chamas, pequenino?
— José, respondeu a creança que parecia atrapalhada.
— Tens pae, Josésinho?
— Não senhor.
— E mãe?
— Também não.
— Então com quem vives?
— Com uma tia minha.

[35]

O philantropo adivinhou a história; uma tia má.

— E a tua tia trata-te bem.

— Às vezes.

— Bate-te?

— Às vezes.

— Ah, fugiste-lhe?

— Não senhor.

— Então o que fazes, aqui?

— Estou cagando.*

O leitor não deve deixar que a secura daquele final o distraia do ludíbrio de que acabou de ser vítima. Pessoa começa por dizer que vai contar uma história triste e dolorosa. Passa-se à noitinha, com uma criança órfã, que está escondida, coitada, agachada perto de uma árvore. É tudo verdade, e é tudo mentira. A história é triste e dolorosa — mas para a auto-estima do filantropo. De facto, a criança está aflita — mas não por medo. O menino é frágil e órfão — mas está cagando. Não quero estragar com interpretações o estupendo gerúndio que o grande poeta põe na boca da criança. Por mais exaustivas que fossem, ficariam sempre aquém de captar toda a complexidade daquela última fala. Mas deixem-me ao menos chamar a atenção para a concisão bruta dessa frase, que faz pouco do filantropo tanto como faz pouco de nós, que caímos no mesmo logro.

---

* *Pessoa Inédito*, coord. Teresa Rita Lopes.

A DOENÇA, O SOFRIMENTO E A MORTE ENTRAM NUM BAR

Mark Twain escreve, num texto chamado "Como contar uma história", que só há um tipo de história difícil de contar: a história humorística. A história humorística, diz ele, não depende do que é contado, mas do modo como se conta:

> A história humorística é contada com circunspecção; quem a conta faz os possíveis para simular que não possui sequer a mais vaga suspeita de que aquilo que está a contar tem graça.

A este propósito, talvez seja importante voltar atrás só para confirmar que a história de Pessoa termina com um discreto ponto final. Um autor menor, provavelmente, teria optado por uma exclamação. "Fazer rir", terá dito Woody Allen, "ou é fácil ou é impossível." Não se referia, evidentemente, ao trabalho envolvido na escrita do texto — essa parte é sempre difícil, disso não há dúvida. A frase, se bem a entendo, pretende dizer que, aos olhos do leitor, a tarefa de fazer rir deve parecer fácil. Nada terá menos graça do que uma pessoa que está a esforçar-se por ser engraçada.

Twain menciona ainda a importância da pausa. Aqui está um assunto polémico. Certos místicos defendem que a sensibilidade necessária para avaliar o momento da história em que uma pausa é apropriada, bem como o tempo que ela deve durar, é inata. Twain sugere que essa sensibilidade se pode treinar, o que parece bastante mais sensato. Além disso, embora seja óbvio que Twain se refere à pausa que fazemos quando um texto é dito, deve salientar-se que o recurso a um silêncio expressivo também se encontra nos textos escritos. Há mais do

[37]

que uma maneira de introduzir uma pausa numa frase, e a mais óbvia é a que se faz valer de... reticências. Talvez seja também a menos interessante, precisamente por ser tão... ostensiva. Um pequeno texto do próprio Mark Twain, em que ele faz o elogio de um homem chamado John Wagner, termina assim:

> John Wagner é o homem mais velho de Buffalo — cento e quatro anos de idade — [...] e no entanto nunca tocou numa gota de álcool na vida — a não ser — a não ser que whisky conte.

Muito mais elegante, aquela repetição enfática, e igualmente eficaz. Outro modo de criar uma pausa a fim de retardar a ideia final é a introdução, numa frase, de uma expressão entre vírgulas. Miguel Esteves Cardoso fá-lo numa crónica chamada "Merda", cujo tema é, como o título indica, a natureza de determinada merda:

> Que merda, afinal, vem a ser esta? É, pelos vistos, uma merda que está cada vez pior. Deve ser, por conseguinte, o agravamento de uma merda que já esteve melhor. [...] As pessoas sofrem, é certo, com esta merda. [...] Antigamente, se bem se lembram, esta merda não ia estando, como agora, cada vez pior. [...] Valha-nos, ao menos, ainda haver quem adore esta merda. Os estrangeiros, por exemplo. Quantos portugueses discordam da noção básica de que "os estrangeiros se pelam por esta merda"? Nenhum. [...] E se, por acaso, algum estrangeiro calha não se pelar, é garantido que qualquer português digno do nome o mandará, infalivelmente, à merda.

A DOENÇA, O SOFRIMENTO E A MORTE ENTRAM NUM BAR

*

Esta é a minha hipótese: humor, ou sentido de humor, é, na verdade, um modo especial de olhar para as coisas e de pensar sobre elas. É raro, não porque se trate de um dom oferecido apenas a alguns escolhidos, mas porque esse modo de olhar e de raciocinar é bastante diferente do convencional (às vezes, é precisamente o oposto), e a maior parte das pessoas não tem interesse em relacionar-se com o mundo dessa forma, ou não pode dar-se a esse luxo. Somos treinados para saber o que as coisas são, não para perder tempo a investigar o que parecem, ou o que poderiam ser.

Essa disposição particular implica uma noção de jogo quase (ou completamente) infantil com as coisas — e connosco próprios. Trata-se de entender as pessoas, os objectos, as ideias, a linguagem como brinquedos, feitos de peças que é possível organizar de outra forma, acrescentar, subtrair, deformar, virar ao contrário, pôr noutro sítio. Os capítulos que se seguem dedicam-se ao exercício um pouco ridículo de discutir certos aspectos de algumas dessas experiências infantis.

OPOR UMA COISA
A OUTRA COISA

A contradição parece habitar a própria ideia de humor. Podemos argumentar, por exemplo, que um raciocínio humorístico é uma forma de irracionalidade racional. Ou de loucura governada pelo juízo. Ao passo que o raciocínio "sério" rejeita a contradição, o raciocínio humorístico procura-a. Muitas tentativas de definir o humor assentam numa antinomia. Para o caricaturista colombiano Ricardo Rendón, uma piada era "um dardo revestido de mel". Numa entrevista à *Paris Review*, James Thurber propôs uma explicação para a diferença entre o humor inglês e o americano: "Os ingleses tratam o que é banal como se fosse notável, e os americanos tratam o que é notável como se fosse banal." Em ambos os casos, o humor resulta da tensão provocada pelo desconcerto entre um tema e uma atitude. Um bom exemplo do que aparece ali descrito como humor inglês encontra-se, curiosamente, na obra de um americano. Nos filmes de Quentin Tarantino, as personagens dedicam-se muitas vezes a fazer aquilo a que poderíamos chamar "filosofia de minudências", ou seja, a tratar o que é banal como se fosse notável. Em certo ponto de *Pulp Fiction*, dois assassinos debatem a natureza da massagem de pés. Um dos criminosos conduz o outro na procura da verdade usando os instrumentos do método socrático: a mesma ignorância fingida, as mesmas perguntas simples que levam o interlocutor a contradizer--se, o mesmo processo de descoberta guiada que envolve a destruição de uma convicção anterior e a construção de uma ideia nova. Sucede apenas que a conversa não decorre em Atenas, cinco séculos antes de Cristo, entre filósofos, mas em Los Angeles, no século xx, entre assassinos. E, mais importante, o objectivo não é obter uma definição satisfatória de um grande conceito, como a Justiça, ou o Bem, mas investigar a noção de massagem de pés, e decidir se se trata de uma prática inocente ou de um jogo erótico íntimo.

No primeiro parágrafo do prólogo de *Onde Está a Felicidade?*, Camilo Castelo Branco confronta de outra maneira o tom e o assunto quando assinala o aniversário de determinada efeméride:

> Aos vinte e um de Março do corrente ano de mil oitocentos e cinquenta e seis, pelas onze horas e meia da noite, fez justamente quarenta e sete anos que o Sr. João Antunes da Mota, morador na Rua dos Arménios, desta sempre leal cidade do Porto, estava na sua casa. Até aqui não há nada extraordinário. O Sr. João Antunes podia estar onde quisesse.

Um caso célebre de tratar o que é notável como se fosse banal, por outro lado, é a conhecida entrada do diário de Kafka de 2 de Agosto de 1914: "A Alemanha declarou guerra à Rússia. À tarde, natação."

[44]

A DOENÇA, O SOFRIMENTO E A MORTE ENTRAM NUM BAR

Há outros modos de fazer colidir o que se diz e a maneira como se diz. No *Dana Carvey Show* havia uma rábula, protagonizada pelo próprio Dana Carvey e por Steve Carell, chamada "Alemães que dizem coisas simpáticas". Alternadamente, os actores enunciavam declarações tais como: "A nossa amizade é muito importante para mim", "Gostarias que te fizesse uma massagem nas costas?", ou "Foi um prazer tomar conta do Kevin". Nenhuma destas frases tem graça (o que é, evidentemente, propositado), salvo pelo facto de estarem a ser proferidas aos gritos com o duro sotaque alemão, exercício que constitui uma límpida demonstração prática desta ideia do Bacharel, no *Fausto* de Goethe, em resposta a Mefistófeles, que o acusa de ser malcriado: "Quando somos agradáveis em alemão, estamos a mentir."

Outra forma de opor uma coisa a outra coisa é colocar lado a lado duas personagens muito diferentes. Dom Quixote e Sancho Pança, o sr. Pickwick e Sam Weller, Abbott e Costello, Dean Martin e Jerry Lewis ou Jeeves e Wooster são exemplos famosos. As duplas cómicas que actuavam nos espectáculos de *vaudeville* eram normalmente compostas pelo chamado *straight man* — uma figura, digamos, séria — e por uma outra personagem extravagante. A segunda é tanto mais cómica quanto mais séria for a primeira. Como diz Steve Martin, "o caos no meio do caos não tem graça; o caos no meio da ordem tem". O *straight man* estabelece uma espécie de padrão de normalidade, contra o qual a excentricidade do seu companheiro se evidencia. A importância daquela personagem é de tal ordem que, ao que

[45]

parece*, no cartaz dos teatros o nome do *straight man* aparecia quase sempre em primeiro lugar, e cabia-lhe 60 por cento do salário destinado à dupla — uma forma de indemnização pelo facto de ser o outro a provocar a esmagadora maioria das gargalhadas (se me permitem uma opinião, mesmo assim trata-se de um mau negócio para o *straight man*).

Várias peças de Neil Simon põem em evidência o choque entre duas figuras que são o oposto uma da outra. *Barefoot in the Park* mostra a lua-de-mel dos recém-casados Corie e Paul Bratter — ela uma jovem romântica, extrovertida, com o gosto pela aventura, e ele um advogado conservador, tenso e concentrado na carreira profissional. Em *Come Blow Your Horn*, Buddy Baker, um rapaz virgem de 21 anos, vai viver para casa do irmão mais velho, um mulherengo. *The Odd Couple*, como o próprio nome indica, também põe em cena um casal estranho. Felix Ungar, aprumado e obsessivo, vai morar com o amigo Oscar Madison, descontraído e desleixado. Quando o pano sobe, Oscar e os amigos estão a jogar póquer. Sob uma densa nuvem de fumo de charuto há roupa suja espalhada e louça por lavar em todo o lado. No início do segundo acto, já depois da chegada de Felix, os amigos juntam-se novamente para jogar. A cena é em tudo igual à primeira, mas agora a casa está imaculadamente arrumada e limpa, e o fumo desapareceu porque Felix comprou um

---

* Gerald Nachman fala do assunto no livro *Raised on Radio* (2000, University of California Press), a propósito do programa radiofónico *The Abbott and Costello Show*.

purificador do ar. O único elemento de desasseio que se mantém é o póquer, um jogo cheio de características "sujas", como o dinheiro e a dissimulação. No decurso da cena, a limpeza continua a espalhar-se, como um vírus, e invade o próprio coração do jogo. Enquanto os jogadores comem e bebem, Felix vai varrendo migalhas e colocando bases sob os copos, para que não marquem o tampo da mesa. Finalmente, um dos jogadores, Roy, cheira as cartas e percebe que Felix as lavou com desinfectante. Roy perde a paciência, levanta-se e, antes de bater com a porta, diz: "Não foi para ser jogado desta maneira que a natureza fez o póquer." A melhor forma de descrever a disposição de Roy quando abandona o jogo é através desta contradição: ele está enojado com a higiene.

Ao choque que resulta da diferença entre o que é dito e o que se pretende dizer costumamos chamar ironia. No primeiro capítulo do *Cândido*, Voltaire descreve esta cena:

> Um dia Cunegundes, ao passear-se perto do Castelo, no pequeno bosque a que chamavam parque, viu entre os arbustos o Professor Pangloss, que dava uma lição de física experimental à criada de quarto de sua mãe, uma moreninha muito bonita e muito dócil. Tendo a menina Cunegundes muita inclinação para as ciências, observou sem tomar fôlego as experiências reiteradas de que foi testemunha; apercebeu-se claramente da razão determinante do Professor, dos efeitos e das causas, e regressou toda agitada, pensativa e cheia de desejo de sabedoria, imaginando que poderia muito bem

ser a razão determinante do jovem Cândido, que poderia por sua vez ser a sua.*

O leitor não ri do que Cunegundes vê, mas do modo como o que ela vê é sugerido. Não por acaso, no filme *Candide ou l'optimisme au xxe siècle*, de Norbert Carbonnaux, o realizador filma esta cena sem tirar a câmara do rosto de Cunegundes, enquanto uma voz lê aquele texto.

Às vezes, a simples justaposição de duas palavras que costumam pertencer a tipos de discurso diferentes consegue produzir o mesmo efeito, como no poema "o decassílabo", de Vasco Graça Moura:

> o decassílabo menos ouvido
> na quarta e sétima leva o acento:
> possível é, todavia é fodido
> em português ir-lhe dando andamento.
> com solidão, natural sentimento,
> fica erodido, doído, delido:
> entre silêncio e ruído é roído
> e um solavanco lhe dá o sustento.

Não há nada de inesperado nas expressões "mas é fodido" ou "todavia é extremamente complicado", mas talvez seja a primeira vez na história da literatura (e da língua) que as palavras

---

* Tradução de Rui Tavares.

[48]

A DOENÇA, O SOFRIMENTO E A MORTE ENTRAM NUM BAR

"todavia" e "fodido" convivem na mesma frase. Além disso, o poeta continua a opor uma coisa a outra coisa quando se queixa da dificuldade de compor um poema no chamado verso de gaita galega enquanto se exprime nesse mesmo tipo de verso. Não preciso de dizer que a discrepância entre o que se diz e o que se faz, seja por hipocrisia ou desespero, tem um encanto humorístico irresistível. O final d'*Os Maias* apanha Carlos da Maia e João da Ega a reflectir sobre a existência. Depois de concordarem que o ideal na vida é não ter desejos nem apetites, e que não vale a pena estugar o passo para perseguir seja o que for, lamentam ter-se esquecido de mandar preparar um jantar de paio com ervilhas, e largam a correr para tentar apanhar um carro americano:

— Que raiva ter esquecido o paiozinho! Enfim, acabou-se. Ao menos assentámos a teoria definitiva da existência. Com efeito, não vale a pena fazer um esforço, correr com ânsia para coisa alguma.
Ega, ao lado, ajuntava, ofegante, atirando as pernas magras:
— Nem para o amor, nem para a glória, nem para o dinheiro, nem para o poder...
A lanterna vermelha do americano, ao longe, no escuro, parara. E foi em Carlos e em João da Ega uma esperança, outro esforço:
— Ainda o apanhamos!
— Ainda o apanhamos!
De novo a lanterna deslizou e fugiu. Então, para apanhar o americano, os dois amigos romperam a correr desesperadamente

pela Rampa de Santos e pelo Aterro, sob a primeira claridade do luar que subia.

E no fim de *À Espera de Godot* acontece mais ou menos o inverso:

VLADIMIR:
Então? Vamos embora?

ESTRAGON:
Sim, vamos embora.

(*Não se mexem.*)

Talvez todas as manobras humorísticas tenham como objectivo introduzir um elemento de caos no mundo, seja para perturbar a ordem ou para a reforçar, mostrando como ela sobrevive mesmo a uma interferência radical. E é possível que nenhuma dessas manobras alcance aquele objectivo tão completamente como a experiência simples de opor uma coisa ao seu contrário.

IMITAR UMA COISA

Conhecemos desde muito cedo o apelo humorístico de imitar uma coisa. Infelizmente, qualquer criança sabe que basta reproduzir uma frase, por mais sensata que seja (por exemplo: "Vai fazer os trabalhos de casa; já te disse várias vezes."), para a destruir e corroer a credibilidade de quem a proferiu. Não é preciso mais do que isso: imitar o tom particular, aquela música pessoal com que as palavras são ditas, ridiculariza não só a frase, que passa de ajuizada a mesquinha, ou pomposa, ou inconsequente, mas também a pessoa que a disse, que subitamente se vê confrontada, de um modo quase violento, com a sua própria pequenez, ou falsa solenidade, ou frivolidade. Porque é que isto é assim? Não faço a mínima ideia. Mas posso, de um modo que não será menos ridículo, tentar encontrar uma explicação, arriscando palpites desesperados e avançando com hipóteses precárias, o que tem sempre graça.

Quando se imita uma pessoa (ou um estilo, ou um discurso), o alvo da imitação é convocado para participar na sua própria destruição. Em vez disso, podemos examinar criticamente um objecto e desaparelhar os seus principais elementos a partir de fora, isto é, de um ponto de vista exterior ao objecto. O que a imitação faz é diferente — e mais perverso. Quando se imita

[53]

alguém, o imitado está envolvido, contra a própria vontade, na crítica a si mesmo. Não está a ser analisado de longe: está, para todos os efeitos, presente, e esvaziado de qualquer poder. Na imitação, o olhar humorístico faz mais do que pousar sobre o objecto retratado: invade-o, manobra-o como a uma marioneta, mina-o por dentro. Não se limita a assinalar as suas incongruências: obriga-o a lidar com elas, a enredar-se nas suas próprias armadilhas, a procurar a saída para o labirinto que construiu. Uma coisa é dizer que o rei prega a honestidade mas rouba; outra coisa é imitar o rei a dizer-se íntegro enquanto mete no bolso o que não lhe pertence.

Toda a sátira contém sempre uma paradoxal componente de homenagem, não só pelo simples facto de reconhecer a existência do objecto satirizado, como também porque, quando é feita com competência, revela que o seu autor considera o alvo suficientemente importante para lhe dedicar uma análise cuidadosa e demorada. O processo de imitar uma coisa começa com um trabalho de observação minuciosa. É claro que esse exercício depende da sensibilidade de cada um, na medida em que cada pessoa dirige o olhar para pontos diferentes e demora-o mais ou menos num sítio ou noutro de acordo com a sua vontade e interesse. Mas, quando se imita determinado discurso, talvez haja aspectos que merecem atenção universal: o padrão de raciocínio, a ideia mais frequente, a palavra mais repetida ou a omissão mais flagrante, por exemplo. Peço ao leitor que faça o favor de considerar o seguinte texto, as últimas linhas do monólogo de Molly Bloom, no *Ulisses*, de James Joyce:

[54]

A DOENÇA, O SOFRIMENTO E A MORTE ENTRAM NUM BAR

[...] e as bodegas de vinho meio abertas à noite e as castanholas e a noite que a gente perdeu o bote em Algeciras o vigia indo por ali sereno com a lanterna dele e oh aquela tremenda torrente profunda oh e o mar o mar carmesim às vezes como fogo e os poentes gloriosos e as figueiras nos jardins da Alameda sim e as ruazinhas esquisitas e casas rosas e azuis e amarelas e os rosais e os jasmins e gerânios e cactos e Gibraltar eu mocinha onde eu era uma Flor da montanha sim quando eu punha a rosa em minha cabeleira como as garotas andaluzas costumavam ou devo usar uma vermelha sim e como ele me beijou contra a muralha mourisca e eu pensei tão bem a ele como a outro e então eu pedi a ele com os meus olhos para pedir de novo sim e então ele me pediu quereria eu sim dizer sim minha flor da montanha e primeiro eu pus os meus braços em torno dele sim e eu puxei ele pra baixo pra mim para ele poder sentir meus peitos todos perfume sim o coração dele batia como louco e sim eu disse sim eu quero Sims.*

Sem querer abusar da sua paciência, propunha agora que lesse este excerto do último capítulo de *O Museu Britânico ainda Vem Abaixo*, de David Lodge, que termina com o monólogo de Barbara Appleby:

---

* Tradução de António Houaiss.

[55]

[...] naquele dia no mar eu lembro-me suponho que se pode dizer que foi quando ele me propôs casamento embora já tivéssemos tomado a decisão há algum tempo eu não estava com os olhos tão esbugalhados como ele se bem que tivesse exagerado um bocado admito aquela praia sem ninguém à vista andámos quilómetros e quilómetros de bicicleta para a encontrar porque nos tínhamos esquecido dos fatos de banho e fomos nadar de roupa interior ele tinha as cuecas do avesso lembro-me bem é mesmo típico espalhámos as nossas coisas na areia para as secarmos as árvores chegavam quase ao mar sentámo-nos à sombra comemos sanduíches e bebemos vinho só estavam as nossas pegadas na areia a maré estava baixa era como uma ilha deserta estendemo- -nos no chão ele tomou-me nos braços vamos voltar aqui quando estivermos casados disse ele talvez respondi eu ele apertou-me com firmeza contra o seu corpo havemos de fazer amor neste mesmo lugar prometeu o meu vestido era tão fino que eu sentia o seu corpo vigoroso contra o meu tal- vez a gente já tenha filhos continuei eu então vimos à noite talvez a gente não tenha dinheiro para cá vir sugeri eu não és lá muito optimista ele ficou indignado talvez seja melhor não ser expliquei hei-de ser famoso e ganhar montes de di- nheiro prometeu ele talvez não me ames nessa altura disse eu hei-de amar-te sempre hei-de provar-to todas as noites ele beijou-me no pescoço talvez penses isso agora mas não possas cumpri-lo talvez sejamos felizes previ eu claro que vamos ser respondeu ele vamos ter uma ama para olhar pelas crianças talvez sim disse eu já agora quantas crianças vamos

[56]

A DOENÇA, O SOFRIMENTO E A MORTE ENTRAM NUM BAR

ter todas aquelas que quiseres disse ele vai ser maravilhoso
vais ver talvez sim disse eu talvez vá ser maravilhoso talvez
não seja como esperas talvez isso não faça diferença talvez.*

É importante reparar na precisão com que Lodge reproduz
as principais características do texto de Joyce: a ausência de
pontuação, o pensamento torrencial e desordenado, a repetição insistente de uma palavra-chave. E em Lodge, tal como
em Joyce, há uma mulher que lembra um acontecimento importante: o momento em que percebe que ama um homem.
No entanto, há dois ou três pormenores em que a imitação
corrompe radicalmente o original. Não sei se é apropriado
dizer, porém, que quando introduz essas diferenças Lodge se
afasta de Joyce: na verdade, os pontos em que o segundo texto
diverge mantêm o primeiro como referência, na medida em
que são (quase) o seu exacto oposto. O que é encantamento
e devaneio em Joyce é conformação e prosaísmo em Lodge;
onde há paixão e fantasia no primeiro há quotidiano paté-
tico no segundo; o empolgado "sim" de Molly transforma-se
no reticente "talvez" de Barbara. Mesmo a agramaticalidade
irreprimível do original é substituída pelo tom mais racional,
apesar de tudo, da imitação. É possível que a diferença essencial seja o facto de Molly estar a falar de amor e Barbara de
casamento (dois quase-opostos, como sabe toda a gente que já
tenha amado e contraído matrimónio), e por isso se encontrem

---

* Tradução de Rita Pires e Ana Maria Chaves.

no primeiro texto as marcas do arrebatamento ("oh", "poentes gloriosos", "eu era uma Flor da montanha", "meus peitos todos perfume"), e no segundo os inconfundíveis sinais da vida comezinha e rotineira ("ele tinha as cuecas do avesso", "talvez a gente já tenha filhos", "talvez a gente não tenha dinheiro").

Há um episódio da série *Seinfeld* chamado "The Boyfriend" em que Kramer e Newman recordam uma história antiga: um dia, após um jogo de beisebol, à saída do estádio cruzaram-se com um jogador e fizeram um comentário desagradável sobre a sua prestação. O jogador esperou que eles voltassem costas e ter-lhes-á cuspido. A cena é em tudo igual a um momento célebre de *JFK*, de Oliver Stone. Como no filme, há recurso a imagens verdadeiras do acontecimento, em formato Super 8; Kramer é atingido em primeiro lugar e faz um movimento de cabeça igual ao de Kennedy; o projéctil faz ricochete e acaba por atingir também Newman. No fim do relato, Jerry intervém para pôr em causa os factos descritos, exactamente nos mesmos termos em que a personagem de Kevin Costner o faz no filme: com a ajuda de um taco de golfe (no filme é uma vareta), Seinfeld reconstitui o trajecto da cuspidela (no filme, evidentemente, é uma bala), e demonstra que, de acordo com as leis da física (que também são convocadas no filme), o incidente não poderia ter decorrido como a versão oficial alega. Tal como no exemplo de Joyce e Lodge, também aqui são reproduzidos com rigor todos os elementos essenciais e emblemáticos do original (desde os aspectos formais ao conteúdo, sem esquecer o vocabulário), enquanto se estabelece uma relação de oposição com a obra imitada: neste caso, esse jogo consiste

A DOENÇA, O SOFRIMENTO E A MORTE ENTRAM NUM BAR

no contraponto entre a teoria da Comissão Warren sobre um dos acontecimentos mais importantes da história dos EUA e a teoria de dois amigos acerca de uma ocorrência insignificante, a "Teoria da Bala Mágica" (em *JFK*) e a "Teoria da Escarreta Mágica" (em *Seinfeld*), ou a hipótese de um segundo atirador (no filme) e a hipótese de um segundo cuspidor (na série).

Tanto o texto de Lodge como o episódio de *Seinfeld* têm um valor humorístico independente da relação com o original que parodiam mas, enquanto imitação, são eficazes apenas junto de quem conhece a obra a que se referem. Uma imitação, por mais perfeita, de um texto obscuro, só diverte quem o tenha lido e retido na memória.

[59]

VIRAR UMA COISA DE PERNAS PARA O AR

O mítico elmo encantado de Mambrino, feito de ouro puro, que concede o dom da invulnerabilidade ao seu proprietário, é, na verdade, uma bacia de barbeiro virada de pernas para o ar. Para Sancho, continua a ser uma bacia de barbeiro; para o seu amo, é o elmo de Mambrino. Dom Quixote reconhece a possibilidade dos vários pontos de vista, mas alegra-se que ela jogue a seu favor: "foi uma rara providência do sábio que está do meu lado fazer que pareça bacia a todos o que real e verdadeiramente é o elmo de Mambrino, porque, sendo ele de tanto valor, toda a gente me perseguiria para tirar-mo; mas, como vêem que não é senão uma bacia de barbeiro, não tratam de procurá-lo"*.

É possível que quem lê tenha uma terceira perspectiva, diferente tanto da de Sancho como da de Dom Quixote. Talvez o leitor adira à ideia de que a bacia, virada ao contrário, se transforma, de algum modo, no elmo de Mambrino, embora não deixe de ser uma bacia de barbeiro — ou seja, mantendo as características do objecto original. Para Sancho, a bacia

---

* Tradução de José Bento.

é um objecto vulgar; para Dom Quixote, é um objecto solene. Para o leitor, é um objecto em que o vulgar convive com o solene — e isso só é possível quando se aceita o estranho resultado do processo de virar uma coisa ao contrário: ela passa a ser outra coisa, retendo a memória da primeira.

Virar uma coisa de pernas para o ar é, em geral, exercer sobre ela uma forma de violência. Trata-se, aliás, de uma operação potencialmente destruidora. No âmbito da comédia, contudo, é frequentemente um acto criador. A ideia de que o mundo, submetido à prova radical de ser virado do avesso, continua a fazer sentido, pode ser tranquilizadora; se fizer mais sentido do que a forma original, isso pode ser inquietante: significa que o mundo já estava às avessas antes de ser virado do avesso.

Manuel António Pina faz o elogio deste exercício extravagante num poema: "Pensar de pernas para o ar / é uma grande maneira de pensar / com toda a gente a pensar como toda a gente / ninguém pensava nada diferente // Que bom é pensar em outras coisas / e olhar para as coisas noutra posição / as coisas sérias que cómicas que são / com o céu para baixo e para cima o chão." Há uma sugestão de rigor, nestes versos, que talvez seja importante reter: esta forma de raciocinar opera uma transformação drástica, mas não suprime as regras. Antes pelo contrário, mantém a sua rigidez original, embora invertida: o céu passa para baixo, o chão para cima. E só é capaz de virar uma coisa exactamente ao contrário quem conhece profundamente a sua forma original.

É possível encontrar essa espécie de simetria reflexiva impecável numa rábula dos Monty Python chamada "Bicycle

A DOENÇA, O SOFRIMENTO E A MORTE ENTRAM NUM BAR

Repair Man". Decorre num mundo que é o avesso das histórias do Super-Homem. Nas ruas, nos autocarros, em todo o lado — toda a gente está vestida de Super-Homem porque toda a gente é Super-Homem. Um dos Super-Homens tem uma identidade secreta: "Quando os problemas surgem, em qualquer lado, a qualquer hora" ele transforma-se no Reparador de Bicicletas. Nas histórias do Super-Homem há apenas uma pessoa extraordinária; aqui há apenas uma pessoa banal — e por isso é para ela que a admiração de todos se dirige.

Um texto de Woody Allen, por outro lado, diz mais ou menos isto:

> Há muitos anos, a minha mãe deu-me uma bala. E eu guardei-a no bolso da camisa. Dois anos depois, estava a andar na rua quando um padre, tomado por uma loucura furiosa, arremessou uma bíblia da janela de um hotel, acertando-me no peito. A bíblia ter-me-ia trespassado o coração, se não fosse a bala.

Reconhecemos ali a presença de uma história que também está na nossa memória colectiva, não por ser um clássico da literatura, ou da banda desenhada, mas porque se trata de um lugar-comum. Como acontece com o elmo de Mambrino, o avesso da ideia produz uma ideia nova, embora a anterior não desapareça. A oferta da mãe continua carregada de ternura, apesar de ser uma bala; a Bíblia adquire o carácter bélico do objecto cujo lugar passou a ocupar, embora se trate de um livro sagrado. Talvez o mais surpreendente de tudo seja isto: o avesso de uma história quase beatífica não é um disparate, ou uma abominação. A ideia de que uma bala salva e a palavra de Deus mata é bem menos estapafúrdia do que se espera à partida. Oscar Wilde parecia ter especial prazer em dinamitar ideias do senso comum, substituindo-as pelo seu inverso. Trata-se, quase sempre, de virar ao contrário a moralidade vigente, gerando um sistema moral novo que, apesar de subverter por completo o que era universalmente aceite, consegue ser mais prático, ou menos hipócrita — ou até mais decente. Isso acontece muitas vezes em *The Importance of Being Earnest*, como no momento em que Algernon receia ir a um jantar por causa do lugar que lhe estará reservado na mesa:

> ALGERNON:
> [...] Sei perfeitamente que seria colocado junto de Mary Farquar, que passa a noite a namoriscar com o marido, sentado do outro lado da mesa. Não é muito agradável. Na verdade, nem sequer é decente... e esse tipo de coisa tem-se intensificado. O número de mulheres em Londres que namorisca com os próprios maridos é perfeitamente escandaloso. É tão feio. É simplesmente uma lavagem de roupa limpa em público.

Assistimos a algo do mesmo género perto do fim da peça, quando Jack faz uma constatação devastadora sobre si mesmo:

> JACK:
> Gwendolen, é terrível para um homem descobrir subitamente que, ao longo de toda a sua vida, não disse outra coisa a não ser a verdade. Serás capaz de me perdoar?

GWENDOLEN:
Serei. Porque sinto que és capaz de mudar.

Em *O Fantasma da Liberdade*, Buñuel experimenta inverter o que é socialmente aceitável e o que é obsceno. À volta de uma mesa de jantar estão, em vez de cadeiras, retretes equipadas com autoclismo. A dona da casa atribui os lugares aos convivas de acordo com as regras de etiqueta. Depois de baixarem as calças, sentam-se na sanita que lhes foi destinada e mantêm uma conversa muito agradável acerca de saneamento básico. A certa altura, uma criança interrompe a conversa para dizer: "Mãe, estou cheia de fome." Gera-se um compreensível embaraço, e a mãe repreende-a em voz baixa: "Não se fala disso à mesa, é muito feio." Pouco depois, um dos convidados levanta-se e pergunta discretamente a um empregado: "Onde fica o quarto de jantar, por favor?" O empregado indica-lhe um cubículo onde, depois de fechar a porta à chave por dentro, o convidado se senta numa cadeira e toma uma refeição.

O cartunista americano Gary Larson incluiu o desenho da página seguinte num dos volumes da sua série *The Far Side*. A legenda diz qualquer coisa como: "Primeiro calçaram-lhe uns sapatinhos de esferovite, e depois mandaram Carlos ir dormir com os humanos." Além de contrapor aos pontos cardeais da situação original os da situação invertida (cimento para os homens, esferovite para os peixes), Larson aproxima esse espelho da própria linguagem, e a expressão comum do universo da máfia "dormir com os peixes" transforma-se em "dormir com os humanos".

Embedded in Styrofoam "shoes,"
Carl is sent to "sleep with the humans."

A DOENÇA, O SOFRIMENTO E A MORTE ENTRAM NUM BAR

Em matemática, oitenta sobre oito tem um significado; oito sobre oitenta tem outro, muito diferente. O trabalho do humorista é obter o mesmo resultado a partir de ambas as fracções, de um modo verosímil e racional. Mesmo que seja preciso fundar uma racionalidade nova.

AUMENTAR UMA COISA

Muitas das maiores personagens da história da comédia são uma espécie de compêndio de excessos. Falstaff é gordo, glutão, bêbado, devasso, fanfarrão, cobarde descarado, aldrabão impenitente. Quando relata ao príncipe Hal uma briga que nunca aconteceu, a conversa decorre desta maneira:

PRÍNCIPE:
Rezo a Deus que não tenhas matado algum.

FALSTAFF:
Já não há rezas nem meias rezas que lhes valham, dois deles fi-los eu em fanicos. Dois tenho a certeza de que arrumei, dois sacanas de fatos engomados. É o que te digo, Hal, e se for mentira podes cuspir-me na cara e chamar-me cavalo. [...] Quatro sacanas engomados atiram-se a mim...

PRÍNCIPE:
Quatro? Mas ainda agora disseste que eram dois.

FALSTAFF:
Quatro, Hal, eu disse quatro.

POINS:
Sim, sim, ele disse quatro.

FALSTAFF:
Avançaram os quatro juntos e atiraram-se principalmente a mim. Não estive com mais nada, parei as sete pontas das espadas no meu broquel, assim!

PRÍNCIPE:
Sete? Mas ainda agora eram só quatro.

FALSTAFF:
[...] Sete, juro por este punho da espada, ou eu seja um miserável.

PRÍNCIPE:
Deixá-lo, vão já ser mais.

FALSTAFF:
[...] Dizia eu que esses nove todos engomados...

PRÍNCIPE:
Portanto, já são mais dois.

FALSTAFF:
[...] Começaram a ceder terreno. Mas eu não os larguei, deitei-me a eles, e lesto como um pensamento, dos onze logo ali aviei sete.

[74]

Príncipe:
Que monstruosidade! De dois homens engomados saíram onze!*

Gargântua e Pantagruel são gigantes. O narrador das suas aventuras conta, a certa altura, como passou seis meses dentro da boca de Pantagruel, descreve os enormes prados, florestas e cidades que lá viu (incluindo "Laríngia e Faríngia, duas cidades tão grandes como Ruão e Nantes, ricas e cheias de comércio"**), e regista a ocorrência de uma peste devastadora, provocada por uma exalação vinda do estômago, que matou mais de dois milhões de habitantes.

Quando cai na toca do coelho, Alice fica minúscula depois de beber o conteúdo de uma garrafa, e logo a seguir come um pequeno bolo que a faz esticar-se "como o maior telescópio que jamais existiu". A cabeça afasta-se tanto dos pés, que ela resolve despedir-se deles, e começa a ponderar enviar-lhes presentes pelo correio, no Natal. Quando o corpo cresce até bater no tecto, Alice começa a chorar, "vertendo litros de lágrimas, até se formar um grande lago à sua volta, com uma profundidade de cerca de dez centímetros"***.

A Luta entre o Carnaval e a Quaresma, o quadro de Brueghel, deixa muito claro de que lado estão o riso e o descomedimento e de que lado estão a abstinência e a circunspecção.

---

* Tradução de Gualter Cunha.
** Tradução de Aníbal Fernandes.
*** Tradução de Margarida Vale de Gato.

O excesso parece estar associado ao cómico de mais do que uma maneira. A caricatura, diz Max Beerbohm, é "a arte de exagerar, sem temor ou favor, as peculiaridades deste ou daquele corpo humano, pelo simples benefício do exagero"*. Muitas vezes, perante uma caricatura, fazemos comentários do género: "O nariz dele é mesmo assim." Ora, se a caricatura estiver bem feita, o que estamos a ver é uma distorção grotesca desse nariz, e é interessante, portanto, que a realidade se nos apresente mais clara quando olhamos para uma deformação do objecto do que para o objecto real.

Aumentar uma coisa, colocá-la sob uma lupa, torna-a monstruosa. Como o que se procura aumentar é, em geral, o defeito, a monstruosidade agrava-se. Esse procedimento tem uma face cruel, claro, mas talvez tenha também um reverso compassivo: num certo sentido, uma imperfeição exagerada deixa de ser real.

Há uma cena no filme *O Sentido da Vida*, dos Monty Python, passada em casa de um casal católico que respeita escrupulosamente a doutrina da Igreja sobre contracepção. Tem, por isso, dezenas de filhos. Quando a rábula começa, a mãe acaba de ter mais uma criança directamente para o chão, enquanto lava roupa no tanque, e pede a uma filha mais velha que faça o favor de apanhar o novo bebé. Depois vai à sala e diz: "Ora bem, Vincent, Tessa, Valerie, Janine, Martha, Andrew, Thomas, Walter, Pat, Linda, Michael, Evadne, Alice, Dominique, e

---

* Tradução de Roberto Muggiati.

A DOENÇA, O SOFRIMENTO E A MORTE ENTRAM NUM BAR

Sasha... já passa da vossa hora de deitar." A comédia costuma dedicar-se a examinar gente aflita, e é possível que ninguém esteja tão aflito como uma pessoa que tem de lidar com uma ideia ampliada até às últimas consequências.

Na série *Portlandia* — de Fred Armisen, Carrie Brownstein e Jonathan Krisel —, um casal que se preocupa com a origem dos alimentos e os direitos dos animais está num restaurante a tentar escolher o almoço, e chama a empregada para saber um pouco mais acerca de um prato de galinha. Primeiro, perguntam se a galinha é de produção local e com que tipo de alimentação foi criada. Depois, perguntam se a alimentação da galinha era de produção local. A seguir, querem saber as dimensões do galinheiro em que a galinha vivia. A empregada vai buscar um arquivador com documentação sobre a galinha que inclui informação sobre o nome do animal, o local de nascimento e uma fotografia. Os clientes perguntam então se a galinha tinha amigos, mas a empregada confessa que, lamentavelmente, não tem esses dados. O casal resolve então pedir que a empregada lhes guarde a mesa, enquanto eles vão visitar a quinta onde a galinha vivia, a cerca de 50 quilómetros dali.

A lente que incide sobre a obsessão do casal parece descrever um movimento de aproximação: primeiro revela o alvo de longe, digamos assim, e depois move-se em direcção a ele, aumentando-o progressivamente. Essa ampliação crescente faz com que cada novo pormenor seja surpreendente, porque é mais grotesco do que os anteriores. É como se o trabalho do humorista fosse ir acrescentando peso, aos poucos, com o propósito de testar os limites da capacidade do objecto para o suportar. Curiosamente, essa sobrecarga atinge um ponto em que deixa de afligir. O momento em que o excesso de peso se torna absurdo, e por isso impossível, parece trazer consigo aquele alívio que está presente na expressão "perdido por cem, perdido por mil". O narrador de *Três Homens num Barco*, de Jerome K. Jerome, exibe sinais evidentes de um tipo bastante agudo de hipocondria. Uma vez, no Museu Britânico, pede para consultar um tratado de todas as doenças conhecidas e, ao folhear o livro, vai descobrindo que sofre de todas. Decide, então, começar a ler a obra por ordem alfabética:

> [...] li tudo o que havia sobre angina, soube que sofria da-quela maleita e que a fase aguda começaria mais ou menos dali a quinze dias. Fiquei aliviado ao saber que sofria apenas de uma forma atenuada da doença de Bright e que, no que a essa matéria diz respeito, podia viver por muitos anos. Cólera tinha, e com complicações graves; difteria era algo com que já devia ter nascido. Conscienciosamente percorri as vinte e seis letras e, conforme pude concluir, a única doença de que eu não padecia era a artrose da lavadeira.
>
> A princípio, isso magoou-me bastante. Parecia-me de certo modo uma ofensa. Porque não sofreria eu de artrose da la-vadeira? Porquê esta restrição injusta?*

---

* Tradução de Luísa Feijó.

A DOENÇA, O SOFRIMENTO E A MORTE ENTRAM NUM BAR

Quando sofremos de todas as doenças, o mais inquietante é descobrir que não fomos capazes de contrair uma. Assim como, quando todos à nossa volta se transformam em rinocerontes, a nossa humanidade passa a ser um embaraço.

MUDAR UMA COISA PARA OUTRO SÍTIO

O poema "Construção", de Chico Buarque, é feito de peças — o que é apropriado. A maior parte do poema é sólida, mas as últimas palavras vão trocando de lugar.

Amou daquela vez como se fosse a última
Beijou sua mulher como se fosse a última
E cada filho seu como se fosse o único
E atravessou a rua com seu passo tímido
Subiu a construção como se fosse máquina
Ergueu no patamar quatro paredes sólidas
Tijolo com tijolo num desenho mágico
Seus olhos embotados de cimento e lágrima
Sentou pra descansar como se fosse sábado
Comeu feijão com arroz como se fosse um príncipe
Bebeu e soluçou como se fosse um náufrago
Dançou e gargalhou como se ouvisse música
E tropeçou no céu como se fosse um bêbado
E flutuou no ar como se fosse um pássaro
E se acabou no chão feito um pacote flácido
Agonizou no meio do passeio público
Morreu na contramão atrapalhando o tráfego

Amou daquela vez como se fosse o último
Beijou sua mulher como se fosse a única
E cada filho seu como se fosse o pródigo
E atravessou a rua com seu passo bêbado
Subiu a construção como se fosse sólido
Ergueu no patamar quatro paredes mágicas
Tijolo com tijolo num desenho lógico
Seus olhos embotados de cimento e tráfego
Sentou pra descansar como se fosse um príncipe
Comeu feijão com arroz como se fosse o máximo
Bebeu e soluçou como se fosse máquina
Dançou e gargalhou como se fosse o próximo
E tropeçou no céu como se ouvisse música
E flutuou no ar como se fosse sábado
E se acabou no chão feito um pacote tímido
Agonizou no meio do passeio náufrago
Morreu na contramão atrapalhando o público

Amou daquela vez como se fosse máquina
Beijou sua mulher como se fosse lógico
Ergueu no patamar quatro paredes flácidas
Sentou pra descansar como se fosse um pássaro
E flutuou no ar como se fosse um príncipe
E se acabou no chão feito um pacote bêbado
Morreu na contra-mão atrapalhando o sábado

A DOENÇA, O SOFRIMENTO E A MORTE ENTRAM NUM BAR

A operação de mudar uma coisa para outro sítio causa uma perturbação na ordem, mas funda uma ordem nova. Retira-se uma peça de um ponto da engrenagem e coloca-se noutro, ou (ainda melhor) noutra engrenagem diferente, mas a peça acomoda-se perfeitamente à nova função. Umas vezes isso é perturbador, outras vezes é reconfortante, outras ainda é tudo ao mesmo tempo.

Um dia, alguém censurou Aristipo de Cirene por repelir o próprio filho. Disseram que o tratava como se não tivesse sido ele a gerá-lo. O filósofo respondeu que também gerava expectoração e, sendo ela inútil, a repelia igualmente para o mais longe possível. A peça que Aristipo muda para outro sítio (do filho para a expectoração) é o raciocínio: o simples facto de uma coisa ter sido gerada por nós não significa que não a possamos expulsar para longe. Ogden Nash, também exasperado com os filhos, embora desta vez com os filhos dos outros, escreveu um poema sobre as pessoas que, pelo simples facto de terem gerado uma criaturinha, passam a considerar-se admiráveis. Se isso é verdade, argumenta Nash com rima e graça, uma simples mosca é vários milhões de vezes mais admirável.

Num texto chamado "Se a vida fosse como o ciclo preparatório", Simon Rich experimenta mudar para outro sítio não um raciocínio, mas uma certa ideia de justiça.

Juiz:
Em toda a minha vida, nunca vi um criminoso mais desprezível. Você assaltou, agrediu e torturou a vítima pelo simples prazer de o fazer. Tem alguma coisa a dizer em sua defesa?

[85]

CRIMINOSO:
Não.

JUIZ:
Nesse caso, condeno-o a 40 anos de prisão numa penitenciária de segurança máxima. Também condeno a vítima aos mesmos 40 anos de prisão.

VÍTIMA:
Espere — *como assim?* Isso não faz sentido nenhum! Ele é que me atacou!

JUIZ:
Não me interessa quem começou.

Talvez seja importante reter que, quando se muda uma coisa para outro sítio, ela permanece igual. A peça muda de lugar, mas continua a ser exactamente a mesma peça. Neste jogo, alterá-la para que encaixe melhor na sua nova posição é fazer batota. Isso significa que tem de haver um parentesco, por remoto que seja, entre a engrenagem da qual a peça procede e a engrenagem que vai integrar. Caso contrário, a peça encaixa mal (o que também é batota).

Há um episódio de *Seinfeld* em que Jerry volta do barbeiro com um corte de cabelo muito antiquado. Para tentar remediar a situação, procura Gino, o sobrinho do barbeiro, que, por ser mais jovem, talvez consiga fazer-lhe um corte mais moderno. Jerry combina então ir a casa de Gino, em segredo,

A DOENÇA, O SOFRIMENTO E A MORTE ENTRAM NUM BAR

para não ferir os sentimentos do tio. Quando Gino começa
a cortar-lhe o cabelo, encetam o seguinte diálogo:

GINO:
Você tem um cabelo muito bonito.

JERRY:
Obrigado.

GINO:
Aposto que o meu tio Enzo lhe diz o mesmo a toda a hora.

JERRY:
Bem, na verdade o Enzo já não me diz isso há muito tempo.

GINO:
Acho que o tio Enzo não tem consciência da sorte que tem.

JERRY:
Isso é muito simpático da sua parte.

Nesse momento, o tio Enzo toca à campainha, e Jerry tem de
se esconder num armário, para não ser apanhado em casa
de outro barbeiro. A cena termina quando Enzo descobre
no chão um cabelo e pergunta a Gino a quem pertence. Reconhecemos a peça que muda de sítio, rigorosamente inal-
terada: o discurso e as acções de dois amantes que procuram
fugir ao cônjuge traído. Também é clara a engrenagem da qual

[87]

a peça procede: um triângulo amoroso. E é evidente ainda a engrenagem que passa a integrar: as relações comerciais entre um homem e dois barbeiros concorrentes. Por fim, percebemos bem o parentesco entre as duas engrenagens. É um elemento muito simples, mas central: o cabelo.

REPETIR UMA COISA

S e, como foi dito antes, a surpresa desempenha um papel essencial na comédia, parece estranho defender que haja valor humorístico em repetir uma coisa. Acontece que o problema, como de costume, é mais complicado do que parece. Permitam-me que convoque para a conversa um fascinante episódio autobiográfico: uma vez, numa tasca alentejana, o empregado perguntou-me se eu estaria interessado numas entradas. "O que é que tem?", perguntei. "Queijo", disse ele com o tom de quem se prepara para enumerar uma longa lista. Após ponderar um pouco, acrescentou: "Tenho também queijo." Este é o primeiro ponto: aquela notável ocorrência revela que dizer duas vezes a mesma coisa também pode ser inesperado.

O segundo ponto tem que ver com o facto de a repetição possuir, ao que tudo indica, um estatuto diferente no mundo normal e no universo humorístico. Na vida real, a repetição parece ter um efeito lenitivo; na comédia, é um sinal de inquietação. Repetir um mantra, por exemplo, ou rezar o terço são acções que buscam, entre outras coisas, obter um certo tipo de tranquilidade. Muitas vezes, repetir uma coisa é um modo de lidar com o desespero. No Segundo Livro de Samuel vem relatada assim a reacção de David à notícia da morte do seu filho Absalão: "Entonces o Rei se perturbou, e subiu à sobre-sala da porta, e chorou: e indo andando, assim dizia: Filho meu Absalão, filho meu, filho meu Absalão!, ah se eu mesmo por ti morrera, Absalão, filho meu, filho meu!"* De igual modo, quando, no final da peça de Shakespeare, o Rei Lear entra em cena com o corpo de Cordélia nos braços, diz: "Uivai, uivai, uivai, uivai! Oh, sois homens de pedra [...] Não, não, já não tem vida. Porque terá vida um cão, um cavalo, um rato, e tu já não respiras? Oh, não voltarás mais, nunca mais, nunca mais, nunca mais, nunca mais!"** Na comédia, como procurarei demonstrar adiante, a repetição tem o efeito contrário: em vez de confortar, desassossega. Muitas vezes, contribui para introduzir um elemento mecânico no universo humano (o que corresponde, muito simplificadamente, à definição de cómico de Henri Bergson).

Um terceiro aspecto é este: a repetição tem a capacidade de transformar uma bagatela numa instituição. Peter Mehlman, um dos mais prolíficos autores da série *Seinfeld*, conta que, durante o processo de escrita de um episódio, surgiu a ideia de fazer com que, acidentalmente, uma mulher visse George todo nu, acabado de sair de uma piscina de água fria. "No momento", disse Mehlman, "em que ele está, digamos, com *shrinkage*" (em português diríamos, talvez, "encarquilhamento"). Larry David terá então sugerido: "Exacto. Usa essa

---

* Tradução de João Ferreira Annes d'Almeida.
** Tradução de Álvaro Cunhal.

palavra. Usa-a muitas vezes." O uso repetido da palavra eleva o encarquilhamento à categoria de concepção quase científica, partilhada por todos: naquele episódio, todas as personagens discorrem com sensatez sobre o fenómeno do encarquilhamento, as suas causas e os seus efeitos, e o melhor modo de reagir aos embaraços que pode provocar. Em *Curb Your Enthusiasm*, Larry David faz o mesmo com a expressão "respeitar a madeira". Numa festa em casa de Julia Louis-Dreyfus, Larry é acusado de não ter usado uma base para copos, e por isso ter deixado um anel de humidade marcado no tampo de uma mesa antiga. Sentindo-se injustiçado, Larry tenta não só defender-se como também descobrir o verdadeiro culpado:

JULIA:
Foste tu. Deixa-te de brincadeiras.

LARRY:
Não fui. Eu dir-te-ia se tivesse sido. Eu tenho respeito pela madeira. Eu aprecio madeira. Eu tenho consideração pela madeira.

*

LARRY:
Tu tens respeito pela madeira, Susie?

SUSIE:
Sim, tenho respeito pela madeira. Porquê?

LARRY:
É que tens demonstrado uma falta de respeito pela madeira
bastante consistente. [...] Eu acho que foste tu que deixaste
o anel de humidade na mesa da Julia. Por isso não me venhas
dizer que tens respeito pela madeira.

*

LARRY:
Tu não tens respeito pela madeira.

SEINFELD:
Tenho, sim. Mas esta madeira é de má qualidade.

LARRY:
Ah, então discriminas certas madeiras.

SEINFELD:
Talvez se possa dizer isso, sim.

LARRY:
Eu respeito todas as madeiras. Respeito pinho, respeito no-
gueira, respeito carvalho... respeito todas por igual.

A noção, que nenhuma personagem questiona, de que a madeira é obviamente credora de respeito equipara-a a conceitos
aos quais costumamos consagrar a mesma reverência, como,
por exemplo, a vida humana. Os ecos dessa equiparação estão

presentes na censura a quem não reserva consideração igual para todos os tipos de madeira.

Na série *Extras*, Ricky Gervais e Stephen Merchant usam a repetição para sublinhar o carácter monomaníaco de uma figura. Em determinado ponto da acção, Andy Milman, um figurante que tenta singrar no mundo do espectáculo, conversa com o famoso actor Patrick Stewart sobre as vantagens de ser o autor do seu próprio texto:

STEWART:
Estou a escrever um argumento e acho todo o processo muito emocionante.

ANDY:
De que trata o seu guião, se não se importa que pergunte?

STEWART:
Bom, como explicar? Viu-me em *X-Men*? A minha personagem, o dr. Charles Xavier, se bem se lembra, consegue controlar as coisas com o poder da sua mente. Fazer com que as pessoas façam coisas e vejam coisas. A minha ideia é: e se fosse possível fazer isso na realidade? Não num mundo de banda desenhada, mas no mundo real.

ANDY:
Certo.

STEWART:
Portanto, no meu filme, interpreto a personagem de um homem que controla o mundo com a sua mente.

ANDY:
Ah, isso é interessante.

STEWART:
Sim. Por exemplo: estou a andar na rua, vejo uma rapariga muito bonita e ocorre-me que gostaria de a ver nua. Por isso, a roupa dela cai toda.

ANDY:
A roupa dela cai toda?

STEWART:
Sim. E ela está a tentar vestir-se outra vez muito depressa, mas entretanto eu já vi tudo. Vi mesmo tudo.

ANDY:
Hum... É uma comédia, então?

STEWART:
Não. É sobre o que aconteceria se estas coisas fossem possíveis.

ANDY:
Qual é a história?

[96]

A DOENÇA, O SOFRIMENTO E A MORTE ENTRAM NUM BAR

STEWART:
Bom, eu faço outras coisas. Por exemplo, estou a andar de bicicleta num parque e uma mulher polícia diz: "Ah, o senhor não pode andar de bicicleta na relva." E eu: "Ai não?" E a farda dela cai toda. E ela começa a tentar tapar-se, mas eu já vi tudo e continuo a andar de bicicleta. Pela relva.

ANDY:
Portanto, em traços gerais é uma história em que você anda por aí a ver mamas.

STEWART:
Em traços gerais, sim. E faço outras coisas, tais como: vou à final do campeonato do mundo. É Alemanha contra Inglaterra. E eu desejo estar a jogar, e de repente estou mesmo. Marco o golo da vitória, sou levado para o balneário, e está lá o Rooney e o Beckham, e nisto entra a Posh Spice e...

ANDY:
... a roupa dela cai toda?

STEWART:
Instantaneamente.

ANDY:
Claro.

[97]

STEWART:
Ela não percebe o que se está a passar, mas eu já vi tudo. Outra vez.

ANDY:
Há alguma espécie de narrativa? Uma história?...

STEWART:
Bem, eu sou uma figura tipo James Bond, e tenho de ir ao Iraque resgatar uns reféns. Chego lá e resgato-os, mas são todos mulheres. E estão nuas, porque as roupas apodreceram. Eu meto-as no helicóptero e, ao mesmo tempo que piloto o aparelho, consigo deitar uma espreitadela ao espelho retrovisor e vejo tudo. Uma está dobrada para a frente, duas estão a beijar-se...

Os autores recorrem a algumas astúcias para, dentro da repetição, manter surpreendente a obsessão de Stewart por senhoras nuas: o actor vai dizendo "faço outras coisas" antes de confirmar que, na verdade, faz sempre o mesmo; a sua motivação vai mudando (primeiro faz cair as roupas por capricho, depois como castigo); a certa altura a expressão "a roupa cai toda" é repetida, mas por Andy.

Ionesco faz o mesmo de outra maneira na didascália de abertura d'*A Cantora Careca*:

CENA: *Uma casa inglesa de classe média, com cadeiras inglesas. Uma noite inglesa. O SR. SMITH, sentado na sua cadeira inglesa e usando*

A DOENÇA, O SOFRIMENTO E A MORTE ENTRAM NUM BAR

chinelos ingleses, está a fumar o seu cachimbo inglês e a ler um jornal inglês, junto a uma lareira inglesa. Usa óculos ingleses e tem um pequeno e grisalho bigode inglês. A seu lado, noutra cadeira inglesa, a SR.ª SMITH, uma inglesa, está a cerzir umas meias inglesas. Um longo momento de silêncio inglês. O relógio inglês dá 17 badaladas inglesas.

Apesar de insistente, a repetição consegue manter-se imprevista, porque os substantivos caracterizados com o qualificativo "inglês" vão sendo cada vez mais improváveis: casa inglesa e cadeiras inglesas, no princípio; silêncio inglês e badaladas inglesas, no final.

[99]

ÚLTIMAS PALAVRAS

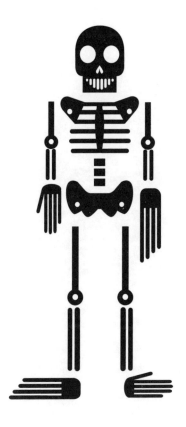

O túmulo de John Gay, na abadia de Westminster, tem uma inscrição que diz:

Life is a jest; and all things show it,
I thought so once; but now I know it.

Uma possível tradução para português seria: "A vida é um chiste; e tudo o revela com clareza, / Pensei assim em tempos; mas agora tenho a certeza." Como as memórias de um famoso defunto brasileiro, o epitáfio de Gay foi escrito "com a pena da galhofa e a tinta da melancolia", programa estilístico que encontra muitos cultores entre os finados. Os versos exprimem uma espécie de angústia jovial, e é difícil saber se a jovialidade suaviza a angústia ou se a aprofunda, mas é possível que faça ambas as coisas: suaviza porque lhe retira peso, aprofunda porque lembra a sua razão de existir.

O epitáfio de Gay é uma piada em dois versos, e a piada começa pela circunstância de os versos serem apenas dois. Apresentar uma definição da vida costuma requerer um pouco mais de espaço. A meio de cada verso há uma pausa que transmite ao dístico uma cadência de lengalenga infantil, e essa puerilidade é

[103]

reforçada pela pobreza da rima. A inocência do tom e a crueza do que é dito produzem um contraste simultaneamente aflitivo e cómico, como a ideia de uma criança velha. E há ainda a pequena maldade escondida naquele "mas". Ao contrário do que se esperaria, a palavra não designa oposição, dado que confirma o sentido da primeira metade do verso. No entanto, há uma razão para Gay ter escrito "Pensei assim em tempos; *mas* agora tenho a certeza", em vez de, por exemplo, "Pensei assim em tempos; *e* agora tenho a certeza". É que, na verdade, ter uma certeza terrível é muito diferente de ter uma suspeita terrível. Talvez uma seja mesmo o oposto da outra.

Seis anos após a morte de Gay, o *Gentleman's Magazine* publicou uma carta de Samuel Johnson acerca daquele epitáfio. Dizia que a composição, um gracejo frívolo e poeticamente medíocre, era indigna de estar escrita num templo. Quando muito, poderia aceitar-se que figurasse na janela de um bordel. E terminava sugerindo que se poupasse à posteridade o trabalho de a apagar.

O dr. Johnson dá o exemplo de um epitáfio que considera admirável, uma frase que está gravada na sepultura de Sesostris, um rei do Antigo Egipto: "Que todos os que me contemplam aprendam a ser devotos." E volta a criticar o epitáfio de Gay, desta vez com um argumento de ordem lógica. Há, diz ele, dois tipos de pessoas: um pequeno grupo que acredita, ou finge acreditar, que a vida acaba no momento da morte; um outro que considera que existe uma outra vida, na qual os homens receberão uma recompensa ou uma punição. Se Gay pertence ao primeiro grupo, não

A DOENÇA, O SOFRIMENTO E A MORTE ENTRAM NUM BAR

pode ter a certeza de nada, uma vez que o conhecimento cessa com a existência; se pertence ao segundo, já descobriu, e dolorosamente, que a vida não é um chiste.

Ora, de certo modo, todos os epitáfios — ao menos os que, como estes, fingem estar a ser proferidos pelo inquilino da sepultura — são uma piada. Trata-se, seja qual for a crença do falecido, de ventriloquia de defuntos. E há uma quantidade considerável de epitáfios que são, além disso, deliberadamente humorísticos. Acontece o mesmo com as últimas palavras. Não parece um acaso que tantas últimas palavras, muitas delas apócrifas (o que também é significativo), sejam espirituosas. Diz-se, por exemplo, que Buster Keaton morreu rodeado de amigos. Pouco antes de morrer esteve muito tempo imóvel, e por isso os amigos não sabiam se ele ainda estava vivo. Um deles sugeriu então a outro: "Toca-lhe nos pés. As pessoas, quando morrem, têm os pés frios." Buster Keaton abriu os olhos e disse: "A Joana d'Arc não." E morreu.

Na *Legenda Áurea*, Tiago de Voragine conta a história da morte de São Lourenço — que, aliás, morreu por causa de uma piada. Décio, não sei se por ganância ou necessidade, ordenou a Lourenço que lhe trouxesse o tesouro da Igreja. O diácono percorreu a cidade e arrebanhou todos os doentes e pobres que conseguiu encontrar. Depois apresentou-se perante o imperador com esse exército de desgraçados e disse: "Cá está. É este o tesouro da Igreja." O imperador não achou graça e condenou-o a uma morte macabra: Lourenço morreu queimado numa grelha. E reza a lenda que as suas últimas palavras foram qualquer coisa como: "Este lado já está. Podem virar."

[105]

A Igreja Católica, num gesto de gosto bastante duvidoso, nomeou Lourenço como santo padroeiro dos chefes de cozinha — mas também dos humoristas, o que é justo. Rir na face da morte é uma provocação vã: morremos na mesma. O riso é impotente em relação à morte, isso é certo, mas talvez tenha algum poder sobre a vida. Vive-se pior, acho eu, se se viver com medo. A certa altura de *Jacques, o Fatalista*, Jacques fala ao seu amo de um momento de desespero que tinha vivido, e da estratégia que tentou adoptar para o ultrapassar:

O Amo:
[...] diz-me o que tentaste.

Jacques:
Troçar de tudo. Ah, se eu tivesse conseguido...

O Amo:
Para que te serviria?

Jacques:
Para me livrar de preocupações, para não ter necessidade de mais nada, para me tornar perfeito senhor de mim mesmo, para sentir tão bem a cabeça encostada a um marco, à esquina da rua, como a um bom travesseiro.*

---

* Tradução de Pedro Tamen.

O riso subverte o medo. Corrói-o, domina-o, torna-o mais pequeno. É por isso que o dr. Johnson não quer piadas em templos: humor e religião são duas formas inconciliáveis de lidar com a morte — ou com o medo da morte. O verbo temer, na expressão "temer a Deus", tem a dupla acepção de recear e respeitar. Sem medo não há reverência. Daqui decorre, evidentemente, que o que devasta o medo devasta o respeito.

Não é só por isso que o riso tem má reputação. É um fenómeno do corpo, uma convulsão física violenta e pouco civilizada que deforma o rosto. Tem afinidades suspeitas com a loucura, a futilidade e o mal. Além disso, Deus não parece apreciá-lo. Conheço os argumentos para defender que o Deus da Bíblia é um Deus alegre. Mas acho que há mais e melhores para sustentar a posição contrária. Quando, no Livro do Génesis, o Senhor anuncia a Sara que vai ser mãe, ela ri-se. É natural: nessa altura, Sara tem 90 anos, e Abraão, seu marido, tem quase 100:

> [...] e eis que Sara tua mulher terá um filho. E ouvia-o Sara à porta da tenda, que estava atrás dele. E eram Abraão e Sara já velhos, [e] entrados em dias; já a Sara havia cessado o costume das mulheres. Assim que riu-se Sara entre si, dizendo: Terei [ainda] deleite depois de haver envelhecido, e meu senhor ser já velho. E disse o Senhor a Abraão: Porque se riu Sara, dizendo: pariria eu ainda, havendo já envelhecido? Haveria alguma coisa difícil ao Senhor? No tempo determinado tornarei a ti, perto deste tempo da vida, e Sara terá um

filho. E Sara negou, dizendo: Não me ri, porquanto temeu.
E [ele] disse: Não, senão te riste.*

Sara prefere mentir a Deus do que confessar que riu, mas
Ele mantém a acusação. A Virgem Maria, a quem também foi
anunciada uma gravidez improvável, não riu no momento do
anúncio. E, precisamente por isso, é, em contraponto com
Sara, considerada um modelo de fé.

Também Jesus Cristo, conforme João Crisóstomo terá
sido o primeiro a notar, nunca riu. De acordo com os evan-
gelhos canónicos (nos apócrifos não é bem assim), Jesus
chora duas vezes (quando avista Jerusalém e quando Lázaro
morre), mas não ri nenhuma. Que o modelo de ser humano
dos cristãos nunca tenha rido parece indicar que, para Deus,
o mundo é um lugar mais adequado ao luto do que à alegria.

E, no entanto, como disse Aristóteles, o riso é próprio do
homem. É o que nos distingue dos animais, mas também de
Deus. Eis a minha hipótese: o homem é o único que ri porque também é o único que tem consciência da sua própria
extinção. Os animais desconhecem que vão morrer, e Deus
sabe que é eterno.

Se estivermos atentos, encontramos essa ligação entre o riso
e a morte em todo o lado. No mito com que os gregos expli-
cavam as estações, Hades, o rei dos infernos, rapta Perséfone,
filha de Deméter, a deusa da terra. Deméter procura Zeus e

---

* Tradução de João Ferreira Annes d'Almeida.

A DOENÇA, O SOFRIMENTO E A MORTE ENTRAM NUM BAR

exige que ele obrigue Hades a devolver-lhe a filha, mas Zeus é irmão de Hades e prefere não se meter no assunto. Então, Deméter decide fazer uma espécie de greve, e a terra fica estéril e devastada. Nessa altura, Zeus vê-se forçado a intervir e propõe a seguinte solução de compromisso: todos os anos, Perséfone passa seis meses com Deméter e seis meses com Hades. Nos seis meses que passa com a mãe, é Primavera e Verão, e a terra parece resplandecer; nos seis meses que passa lá em baixo, a terra entristece, e ocorre o Outono e o Inverno. Em certo ponto da história, precisamente no momento em que Deméter se convence de que perdeu a filha, a deusa senta-se numa pedra que ganha um nome: passa a chamar-se pedra Agelasta — que significa, à letra, ausência de riso, ou privação de riso. Parece-me interessante que os gregos tenham identificado a incapacidade de rir com a única coisa que, como sabem todos os pais, é pior do que a morte: a morte de um filho. Em certas versões do mito, é nesse ponto da história que aparece uma figura chamada Iambe (noutras versões chama-se Baubo; noutras ainda, Iambe e Baubo são duas pessoas diferentes, e formam uma espécie de equipa), que é a razão por que Deméter retoma o ânimo de continuar a procurar a filha, até a encontrar finalmente, junto de Hades. O instrumento que Iambe usa para restaurar as forças de Deméter é o riso. Consegue fazer com que a deusa dê uma gargalhada, daquelas que agitam o ventre — o mesmo sítio onde se geram os filhos. E parece-me ainda mais significativo que Iambe, a figura que consegue a proeza de fazer rir uma mulher que perdeu um filho, fosse considerada pelos gregos a deusa do humor.

Quase no fim da tragédia, Hamlet e Horácio passam por um cemitério, onde dois coveiros estão a abrir uma sepultura. Como se sabe, é nessa altura que o príncipe encontra a caveira de Yorick, que tinha sido o bobo da corte quando Hamlet era criança, e lhe dirige estas palavras:

HAMLET:
Onde estão agora as tuas troças, as tuas cabriolas, as tuas cantigas, os brilhos da tua alegria que faziam romper na mesa toda um longo riso? Nada te resta agora para troçares da tua própria careta! Não tens beiços nem língua. Vai agora ao quarto da dama da corte e diz-lhe que, mesmo que ela ponha uma camada de pintura da grossura de um dedo, esta há-de ser um dia a sua imagem. Faz que ela se ria disto.*

Não conheço melhor definição do trabalho do humorista. Fazer com que as pessoas se riam desta ideia: por mais que façam, vão morrer. Fornecer-lhes uma espécie de anestesia para esse pensamento. É um ofício belo, nobre, indispensável e inútil: sim, o riso tem o poder de esconjurar o medo, mas só durante algum tempo, talvez apenas durante o tempo que dura a gargalhada. Às vezes, nem tanto.

---

* Tradução de Sophia de Mello Breyner Andresen.

ÍNDICE REMISSIVO

Abbott, William "Bud"
(1897-1974) 45, 46

Abraão (personagem bíblica) 107

Absalão (personagem bíblica) 92

À Espera de Godot
(Samuel Beckett, 1952) 49

Algernon (personagem
de *The Importance of Being Earnest*) 66

Ali, Muhammad (1942-2016) 11

Alice no País das Maravilhas
(Lewis Carroll, 1865) 75, 76

Allen, Woody (n. 1935) 23, 37, 65

Appleby, Barbara (personagem de
O Museu Britânico ainda Vem Abaixo) 55

Arc, Joana d' (1412-1431) 105

Aristóteles (384-322 a.C.) 16, 108

Assis, Machado de (1839-1908) 32

Bacharel (personagem de *Fausto*) 45

Baker, Buddy (personagem
de *Come Blow Your Horn*) 46

Barefoot in the Park
(Neil Simon, 1967) 46

Beckett, Samuel (1906-1989) 9

Beerbohm, Max (1872-1956) 76

Bergson, Henri (1859-1941) 92

Bloom, Molly (personagem
de *Ulisses*) 54

Branco, Camilo Castelo
(1825-1890) 9, 44

Brooks, Mel (n. 1926) 23

Brueghel, Pieter (*c.* 1525-1569) 75

Buarque, Chico (n. 1944) 83

Burnett, Carol (n. 1933) 23

Buñuel, Luis (1900-1983) 67

Bíblia 65, 107

Cadernos de Pickwick (Os)
(Charles Dickens, 1836) 17, 45

*Candide ou l'optimisme au xxe
siècle* (Norbert Carbonnaux,
1960) 48

[113]

Cândido, ou o Optimismo
(Voltaire, 1759) 47

Cantora Careca (A)
(Eugène Ionesco, 1950) 98

Carbonnaux, Norbert 48

Cardoso, Miguel Esteves
(n. 1955) 38

Carell, Steve (n. 1962) 45

Carroll, Lewis (1832-1898), ver
Alice no País das Maravilhas

Carvey, Dana (n. 1955) 45

Cervantes, Miguel de, *ver*
Dom Quixote

Chaplin, Charlie (1889-1977) 29

Chesterton, G.K. (1874-1936) 11

Cirene, Aristipo de (435 a.C.-
-350 a.C.) 85

Come Blow Your Horn
(Neil Simon, 1961) 46

Constanza, George
(personagem de *Seinfeld*) 92

Corie & Paul Bratter (personagens
de *Barefoot in the Park*) 46

Costello, Lou (1906-1959) 45, 46

Costner, Kevin (n. 1955) 58

Cristo, Jesus 44, 108

Crisóstomo, João (c. 347-
-407) 108

Cunegundes (personagem
de *Cândido, ou o Optimismo*) 47, 48

Curb Your Enthusiasm
(Larry Davis, 2000-2011) 93

Dana Carvey Show (The) (Dana
Carvey, Robert Smigel, Louis C.K.,
1996) 45

David (personagem bíblica) 92

David, Jacques-Louis (1748-
-1825) 26

David, Larry (n. 1947) 92, 93

Deméter 108, 109

Deus 107, 108

Dickens, Charles (1812-1870) 17

Diderot, Denis (1713-1784),
ver *Jacques, o Fatalista*

Dom Quixote (personagem de *Dom
Quixote de La Mancha*, 1605) 45, 63

Dublin Journal (The) 17

Ega, João da (personagem
de *Os Maias*) 49

Enzo (Tio) (personagem de *Seinfeld*) 87

Ética a Nicómaco
(Aristóteles, séc. IV a.C.) 17

Être et le Néant (L')
(Jean-Paul Sartre, 1943) 11

A DOENÇA, O SOFRIMENTO E A MORTE ENTRAM NUM BAR

Extras (Ricky Gervais e Stephen
Merchant, 2005-2006) 95

Falstaff (personagem de
William Shakespeare) 33, 34, 73, 74
Fantasma da Liberdade (O)
(Luis Buñuel, 1974) 67
Far Side (The) (Gary Larson, 1982) 67
Fausto (Goethe, 1808) 45
Filebo (Platão, c. 360 a.C.) 16
Foreman, George (n. 1949) 11
Freud, Sigmund (1856-1939) 18, 19
Férias do Sr. Hulot (As)
(Jacques Tati, 1953) 30

Gargântua (personagem
de François Rabelais) 75
Gay, John (1685-1732) 103, 104
Gervais, Ricky (n. 1961) 95
Gino (personagem de *Seinfeld*) 86, 87
Goethe, Johann Wolgang von
(1749-1832) 45
Gwendolen (personagem
de *The Importance of Being Earnest*) 67

Hades 108, 109
Hal (Príncipe) (personagem
de *Henrique IV*) 33, 73

Hamlet (William Shakespeare,
c. 1600) 9, 110
Henrique IV (William Shakespeare,
c. 1596-1599) 33
Hobbes, Thomas (1588-1679) 16, 17
Horácio (personagem de *Hamlet*) 110
Hutcheson, Francis (1694-1746) 17

Iambe 109
Importance of Being Earnest (The)
(Oscar Wilde, 1895) 66
Ionesco, Eugène (1909-1994) 98

Jack (personagem de *The Importance
of Being Earnest*) 66, 67
Jacques, o Fatalista (Denis Diderot,
1796) 106
Jeeves & Wooster (personagens
de P.G. Wodehouse) 45
Jerome, Jerome K. (1859-1927) 78
JFK (Oliver Stone, 1991) 58, 59
Johnson, Samuel
(1709-1784) 104, 107
Joyce, James
(1882-1941) 54, 57, 58
Kafka, Franz (1883-1924) 32, 44
Kant, Immanuel (1724-1804) 18
Keaton, Buster (1895-1966) 105

[115]

Kramer, Cosmo (personagem de *Seinfeld*) 58

Larson, Gary (n. 1950) 67, 69
Leoncavallo, Ruggero (1857-1919) 23
Lewis, Jerry (n. 1926) 45
Livro do Génesis 107
Lodge, David (n. 1935) 55, 57, 58, 59
Louis-Dreyfus, Julia (n. 1961) 93
Luta entre o Carnaval e a Quaresma (A) (Pieter Brueghel, 1559) 75
Lázaro (personagem bíblica) 108

Madison, Oscar (personagem de *The Odd Couple*) 46
Maia, Carlos da (personagem de *Os Maias*) 49
Maias (Os) (Eça de Queirós, 1888) 49
Man Who Was Thursday (The) (G.K. Chesterton, 1908) 11
Maria (Virgem) 108
Martin, Dean (1917-1995) 45
Martin, Steve (n. 1945) 45
Mefistófeles (personagem de *Fausto*) 45
Mehlman, Peter 92

Merchant, Stephen (n. 1974) 95

Milman, Andy (personagem de *Extras*) 95
Molière (1622-1673) 25
Monty Python 64, 76
Morte de Sócrates (A) (Jacques-Louis David, 1787) 26
Moura, Vasco Graça (1942-2014) 48
Mulher Fatal (A) (Camilo Castelo Branco, 1870) 9
Museu Britânico ainda Vem Abaixo (O) (David Lodge, 1965) 55
Münchhausen (Barão de) (1720-1797) 35

Nashm Ogden (1902-1971) 85
Nast, Thomas (1840-1902) 30
Newman (personagem de *Seinfeld*) 58

Odd Couple (The) (Neil Simon, 1965) 46
Onde Está a Felicidade? (Camilo Castelo Branco, 1856) 44

Pangloss (Professor) (personagem de *Cândido, ou o Optimismo*) 47

A DOENÇA, O SOFRIMENTO E A MORTE ENTRAM NUM BAR

Pantagruel (personagem
  de François Rabelais) 34, 75
Panurgo 34
Pança, Sancho (personagem de
  Dom Quixote de La Mancha, 1605) 45
Paris Review (The) (desde 1953) 43
Perséfone 108, 109
Pessoa, Fernando (1888-1935) 17, 35
Pickwick (Sr.) (personagem
  de *Os Cadernos de Pickwick*) 17, 45
Pimenta, Alberto (n. 1937) 15
Pina, Manuel António
  (1943-2012) 64
Platão (*c.* 428-*c.* 348 a.C.) 16, 26, 28
Poins (personagem
  de *Henrique IV*) 33, 74
Portlandia (Fred Armisen, Carrie
  Brownstein e Jonathan Krisel, 2011) 77
Poética (Aristóteles, *c.* 335 a.C.) 16
Protarco (personagem de *Filebo*) 16
Pulp Fiction (Quentin Tarantino,
  1994) 43

Queirós, Eça de (1845-1900),
  ver *Os Maias*

Rabelais, François (1494-1553), ver
  O Terceiro Livro de Pantagruel

Rendón, Ricardo
  (1894-1931) 43
Rich, Simon (n. 1984) 85
Rogers, Will (1879-1935) 23
Sara (personagem bíblica) 107, 108
Sartre, Jean-Paul (1905-1980) 11
Schopenhauer, Arthur
  (1788-1860) 18
Segundo Livro de Samuel 91
Seinfeld (Larry David, Jerry Seinfeld,
  1989-1998) 58, 59, 86, 92
Seinfeld, Jerry (n. 1954) 58, 59, 86,
  92, 94
Sentido da Vida (O)
  (Monty Python, 1983) 76
Sesostris (II M. a.C.) 104
Shakespeare, William
  (1564-1616) 9, 92
Simon, Neil (1927) 24, 46
Stewart, Patrick (n. 1940) 95
Stone, Oliver (n. 1946) 58
São Lourenço (séc. III) 105
Sócrates (*c.* 469-399 a.C.) 16, 26

Tarantino, Quentin (n. 1963) 43
Tati, Jacques (1907-1982) 30
Tempos Modernos
  (Charlie Chaplin, 1936) 29

Terceiro Livro de Pantagruel (O)
(François Rabelais, 1546) 34, 75
Thurber, James (1894-1961) 43

Três Homens num Barco (Jerome K.
Jerome, 1889) 78
Twain, Mark (1835-1910) 23, 37, 38

Ulisses (James Joyce, 1922) 54
Ungar, Felix (personagem
de *The Odd Couple*) 46

Voltaire (1694-1778) 47
Voragine, Tiago de (1228-1298) 105

Watt (Samuel Beckett, 1953) 9
Weller, Sam (personagem
de *Os Cadernos de Pickwick*) 45
Wilde, Oscar (1854-1900) 66
Wodehouse,
P.G. (1881-1975),
ver Jeeves & Wooster

Xantipa 26, 28

Yorick (personagem
de William Shakespeare) 110

Zeus 108, 109

© 2022, Ricardo Araújo Pereira
1ª edição: março de 2017

Esta edição segue o Novo Acordo
Ortográfico da Língua Portuguesa

CAPA E PROJETO GRÁFICO Vera Tavares
DIAGRAMAÇÃO Isadora Bertholdo
ASSISTENTE EDITORIAL Ashiley Calvo
CONSULTORIA EDITORIAL Fabiana Roncoroni
PRODUÇÃO GRÁFICA Lilia Góes

DADOS INTERNACIONAIS DE CATALOGAÇÃO
NA PUBLICAÇÃO (CIP) DE ACORDO COM ISBD

P436d   Pereira, Ricardo Araújo
           A doença, o sofrimento e a morte entram num bar: uma espécie
           de manual de escrita humorística / Ricardo Araújo Pereira ;
           ilustrado por Vera Tavares. - São Paulo : Tinta-da-China Brasil, 2022.
           120 p. : il. ; 13,7cm x 21cm.

           Inclui índice.
           ISBN 978-65-84835-06-1

           1. Literatura portuguesa. 2. Humor. I. Tavares, Vera. II. Titulo.

           2022-1693   CDD 869
                                  CDU 821.134.3

Elaborado por Vagner Rodolfo da Silva - CRB-8/9410

ÍNDICES PARA CATÁLOGO SISTEMÁTICO

1. Literatura portuguesa 869
2. Literatura portuguesa 821.134.3

TODOS OS DIREITOS DESTA EDIÇÃO RESERVADOS À
Tinta-da-China Brasil/Associação Quatro Cinco Um

LARGO DO AROUCHE, 161 SL2 • REPÚBLICA • SÃO PAULO/SP
EDITORA@TINTADACHINA.COM.BR

A doença, o sofrimento e a morte entram num bar
foi composto em Hoefler Text e impresso
em papel Pólen Bold 90g, na Ipsis, em junho
de 2022, nos dez anos de fundação da
Tinta-da-China Brasil por Bárbara Bulhosa.